ひたひたまで注いで
コトコト煮詰めた話

山本ゆり

扶桑社

はじめに

初めまして。もしくは、いつもありがとうございます。山本ゆりと申します。

まずはこの本を手にしてくださって本当にありがとうございます。

あなたに良いことが30個ぐらい立て続けに起こりますように。

そう声をかけてくださったのは、これまでのエッセイ本の編集担当、小林さんでした。なんせ私は筆が遅くて。レシピ本もエッセイ本も書き直してばかりでなかなか納品できず、初校、再校、再再校、四校、五校…サグラダファミリア状態。

「『ESSE』で毎月エッセイの連載をしませんか」

雑誌の発売は待ってくれない。「無理やりでも絞り出して、たとえ70点の出来栄えでも納品するしかないんです。絶対に出さないといけない状況に身を置くことは、この先文章を書いていくなら、きっといい訓練になると思いますよ（ニッコリ）」と。だいぶ恐ろしかったんですが、ありがたい機会をくださったことを本当に感謝しています。

そこから約6年。ことごとく締め切りに間に合わず、毎月その先に実は存在する〝本当の締め切り〟に滑り込みで納品しています。もう最初からそこ見据えてるとこある。今日書かれへんかったら終わりや…と毎月、土壇場で白目むいて書き上げた話の数々がこうして1冊の本になるなんて、感慨深いものがあります。

この本は、2019〜2023年の『ESSE』の連載を収録しています。まとめるにあたり、せっかく本を買ってくださった方に「全部読んだことあるわ」と思われるのは申し訳ないので、すべての話を加筆修正しました。事実や感情は変えてないんですが（あの時は確かにそう思ってんから！と自分を納得させました）、元の話どこいってんというほど加筆したものもあります。手に負えなくなり、一時はもう、まとめ本やねんからそのまま載せたらええやないか…とも思いましたが、胸を張って読んでもらえる1冊になって本当に良かったです。辛抱強く、信じて待ってくださった編集の早川さん、ものすごく素敵なデザインにしあげてくださったデザイナーの藤田さんに感謝の気持ちを伝えさせてください！

いい加減で、バタバタで、なんでもない日々のあれこれを詰め込んだ1冊。閉じればすぐに日常に戻れるような毒にも薬にもならない本ですが、心があまり揺さぶられたくない時に。コーヒーや寝る前のお供に読んでもらえたら嬉《うれ》しいです（読み終えたあと、もう少し興味を持ってもらえたら、前作『おしゃべりな人見知り』をぜひ）。

そして最後に…ってまだ始まってもないわ！て話なんですが、実はこの本、「おわりに」がないんです。ページの都合上どうしてもあとがきが書けないそうで。ここが最後の挨拶になってしまうんで、これだけ先に言わせてください。

この本を読んでくださったすべての方に感謝します。ありがとう（浜村淳です）。

季節の変わり目ですが、ご自愛くださいませ（ヨッ）。

ちょっと昔の話ですが

こんな感じで続きます

このへんで休憩挟みましょうか

もう少しお付き合いください

そろそろお別れの時間です

※レシピの調味料は

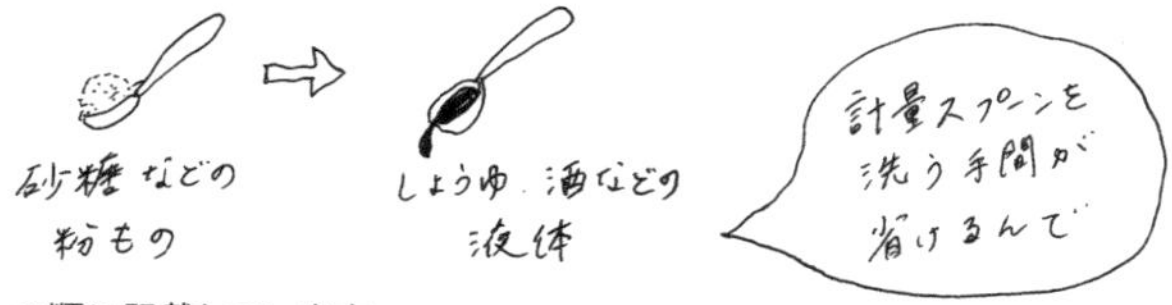

の順に記載しています

※計量単位は大さじ1=15mℓ、小さじ1=5mℓです
※電子レンジの加熱時間は600Wを基準にしています。500Wの場合は1.2倍、700Wの場合は0.8倍を目安に加減してください。機種によって多少差があります。火どおりに不安がある場合は、様子を見ながら少しずつ加熱してください
※電子レンジやオーブントースターで加熱する際は、付属の説明書に従って、高温に耐えられる耐熱ガラスの皿やボウルなどを使用してください
※電子レンジの機種や、肉などの素材の大きさにより火のとおりに差が出ます。表記の加熱時間で火が中までとおっているか確認し、とおっていないようであれば、様子を見ながら少しずつ加熱してください
※液体を電子レンジで加熱した場合、取り出して混ぜるときに、場合によって突然沸騰する可能性があります（突沸現象）。できるだけ口の広い容器に入れ、粗熱を取ってからレンジから取り出すなどご注意ください

ちょっと昔の話ですが

ないならないなりに

「どこにでもある材料で、できるだけ安く、だれにでもできる料理」

私は普段〝料理コラムニスト〟という自己申告制の肩書きのもと、日々レシピを考案したりコラムを書いたりしている。なぜこの肩書きにしたのかといえば、料理家と言えるほど料理の腕もなければ、料理研究家と言えるほど研究をしている自信もなく、料理ブロガーと言うてもブログでは収入を得ていない…悩んだ末、この世にまだ存在しない

肩書きにすれば、誰かと比較されたり、「お前、それでも料理研究家か!!!」と責められたりもせず気楽なんじゃないかと思ったからだ（何したらそんなキレられんねん）。が、これには誤算があった。

自分で決めた肩書きって、めちゃくちゃ恥ずかしいのだ。なんやろ、胡散臭《うさんくさ》さマックスじゃない？　なんやねんその怪しげな職業。

批判を避けたいという自信の無さから生まれたのに、まるでこの世の職業に自分はおさまらない、唯一無二の特別な存在であるような、自己顕示欲の権化のような気がして、「肩書き何にしますか?」とか聞かれると「料理コラムニスト…で一応やってたりしますが、意味わからないんで料理研究家でも全然いいです!!」と自ら否定してしまう（本人も意味わからんのかい）。ゆえに媒体によって肩書きがバラバラになっているのだ。

そんな私が、ＳＮＳで料理を紹介する上で決めたルールが冒頭のものである。２００８年、大学時代に始めたブログの最初の記事に記載し、いまでも変わらない。具体的には「ローリエ、バルサミコ酢、ワインビネガーなどのオシャレな調味料は使いません」。

子どもの頃、共働きで、祖母が平日の晩ご飯を担当していたわが家の台所は、調味料が全然なかった。ゴマ油やオリーブオイルはもちろん、焼き肉のタレやめんつゆもなく、天ぷらにはしょうゆ、焼き肉にはポン酢が添えられていた。調味料だけでなく、お肉も野菜も、基本的にスーパーで一番安いものを購入していたため、鶏肉にムネとモモが存在するなんて家族の誰も知らなかったし、うちの唐揚げがパサパサなのは、みな揚げ方の問題だと思っていた（祖母の得意料理、中をレアで仕上げる特製ローストビーフが実は豚ヒレ肉だったと大人になって知った時は衝撃だった。生の豚めっちゃ食べてた）。

安い肉でもあれこれ工夫し、しっとり仕上げるなどというおばあちゃんの知恵袋的なもんは皆無で、肉類は大概パックのままガッチガチに冷凍し、解凍さえせずフライパンに突っ込み、調理開始。しかも強火。一番チョイスしたあかん火加減。たっぷり熱々の油に霜まみれの鶏が投入され、バッチバチどころか、ワシャー‼と油が跳ねまくる。それがフライパンのフチに常時ついている食材のカスや魚焼きグリルに引火し、メラメラ炎が上がっている中で果敢に鶏を焼く姿はもはや田中オブ東京※だ。軽いボヤ騒ぎ並に炎に包まれても、当の本人は落ち着いたもの。そのへんの小鍋かどんぶりに水を入れ、上からバシャーンとかけ消火。鶏も床も水浸しだが、気にせず「ごはんやで〜」と食卓へ出すのである。

※田中オブ東京…ハワイにある鉄板焼きシーフードステーキのレストラン。ファイヤーパフォーマンスが人気。行ったことはない

そんなアクロバティックな祖母のもと、なぜか料理が好きになり、家にあったレシピ本や主婦雑誌を毎日、お風呂でもトイレでも布団でもほぼ365日読み漁《あさ》った。誕生日やクリスマスにはレシピ本をねだり、休日は書店で何時間でも立ち読みした。ちなみにレシピ本は祖母もよく読んでいた（どこにそのワイルドな調理法載っててんねん）。

でも当時のレシピ本から作れる料理は、ほぼ無かった。とにかく材料がそろわない。お小遣いを削って材料を買い、失敗してはお金がもったいなくて大泣きし。それでもなんとか作りたくて、少しずつ自分なりに代用するようになった。牛肉は豚こまに、無塩バターはマーガリンに。はちみつは砂糖、純正生クリームは植物性ホイップ、アンチョビはベーコン、粉糖は片栗粉、ミントの代わりに庭の雑草を添えた。

代用すると味が落ちるし、失敗もしやすい。お菓子などはそもそも作れないものもある。この材料は変えられない、これは減らせる、別モノになるけどおいしい、工程を変えればいける…経験から許容範囲を増やし、自分のレシピを作っていった。

お財布事情、家族構成、健康状態、最寄りのスーパーまでの距離…生活環境は人それぞれ。できる限り門戸を広げて「これなら作れる」というレシピにしたい。端から端まで1冊まるまる作れるレシピ本を作りたい。

幼い頃の台所事情が、今のレシピの原点になっている。

タッカルビ風

本格調味料がないなら、ないなりに

コチュジャンいらずのお手軽タッカルビ。
ピザ用チーズをのせてもめっちゃおいしいです！

材料（4人分）

鶏もも肉……2枚（600g）
A
- 焼き肉のたれ（市販品）…大さじ4
- みそ……大さじ2
- 砂糖……小さじ2

キャベツ……1/2個
玉ねぎ……1/2個
ゴマ油……大さじ1
白菜キムチ……200g

作り方

❶鶏肉はひと口大に切る。ポリ袋に入れてAを加えてもみ込み、10分以上おく。キャベツはざく切り、玉ねぎは1cm幅のくし形に切る。

❷フライパンにゴマ油を中火で熱し、①のキャベツ、玉ねぎを重ねて広げる（入らなければ2回に分けて作る）。キムチ、①の鶏肉を下味ごと加えて広げのせ、フタをして8分ほど蒸し焼きにする。

❸火がとおったらざっくり混ぜて炒め、軽く水分を飛ばす。

探しものはなんですか

ものすごくよくモノをなくす。どの本にも「定位置を決めよ」と書いてあるが、うちではほとんどのモノが住所不定無職だ。

紛失レギュラー陣はボールペン、アメピン、そしてゴム。アメピンとヘアゴムに関しては無くなり過ぎてもう消耗品、ある程度の時間をこの地球で過ごしたら自動的に消えるよう設定されて世に放たれていると思っているが、輪ゴムがなくなるスピード感も半端ない。冷蔵庫から使いかけのウインナーを出して輪ゴムを外し、再度縛って戻そうと思ったらもう消えてるから。今使ってたのに消えてるから。腕にはめたわけでもない、飛ばして遊んだわけでもない、動いたスペースも1平方メートル以内でどうやったら消せるのか、自分の隠れた才能に恐れおののくわ。Mr.マリックに弟子入りできそう。セロに弟子入りできそう。ムッシュ・ピエールに弟子入りできそう。MASA MAGICに弟子入りできそう。KiLaに弟子入りできそう。前田知洋に弟子入りできそう。山上兄弟に弟子入りできそう。ゼンジー北京に弟子入りできそう。プリンセス天功（もうええわ&なんでそのジャンルそんな詳しいねん）。

そして1日1回必ず見失うのがスマートフォン。定位置がズボンのポケットという時点で遊牧民で、すでに定位置ではないのだが、ポケットに戻さずポーンとどこかに置こうもんならもう行方不明。（余談やけどネットで購入した服にポケット無かったとき絶望じゃない？ ポケットなんてあるに越したことなさ過ぎるやろ。体にぴったり沿ったドレスでもない限りポケットはデフォルトで付くもんとして法律で定めてほしいわ）

これまでの行動を逆再生して家じゅうをカサカサ移動するが、そのポーンの部分が完全に無意識なため見当もつかない。あるときはタンスの中の服の上、あるときはソファ、あるときは片目の運転手、またあるときは台所のレンジ横の小さいスペースにものすごい不安定に置かれていた。もし私が突然家の中で謎の死を遂げた場合、コナン君なら「レンジ横のこの不安定な場所にスマートフォン…妙だな」と疑い、無駄に捜査が難航するだろう。あげく私は着信音もバイブ音も苦手なため、サイレントマナーモード…音も鳴らなければ震えもしない、なにかあったらどうすんねんモードに設定することが多く、鳴らしてもらったところで見つからない。どこを探しても見つからず、警察に遺失届まで出したこともある。そのときは自宅の車のドアポケットにて涙の再会をし、もう二度と勝手にどこにも行かないこと！ と四角い小さな肩をユサユサして強く言い聞かせたが、2日後には裏切られ血眼で探している。

これではいけないと、スマホスタンドというのか、2枚の板をはめ込んで作る、L字形の台を買った。これをパソコンと台所の間、家じゅうで一番よく通る場所にセットし、そこにスマホを毎回戻すことにしたのだ。きちんと定位置ができるとそこに戻したくなる、人間の心理を巧みについた解決法である。スマホも心なしかうれしそうで、待ち受け画面の娘2人もいつもよりよく笑っていた。

だが、そんな新鮮な感情は1日で終わった。いや、正確にいえば半日も経たずにポケットに戻ってきていた。そらそうである。どうせすぐ使うのにいちいち台に戻すのも、今すぐ使いたいのにわざわざ台まで取りに行くのも面倒くさ過ぎる。そもそも台にちゃんと置くような人間ならこんなことにはなってない。

今やホコリをかぶったただのLでしかなくなり、台所の油が飛んでベタベタする。置けたとしても置きたくない。はよ捨てたい。結局スマホは今も腰骨〜右太もも付近に仮住まい中だ。

ソーセージとブロッコリーの
ポテトサラダ

輪ゴムをなくしたソーセージで

**きゅうりが高い季節にはブロッコリーで緑の彩りを。
ゆで卵は黄身が行方不明にならないよう、最後にそっと混ぜます**

材料（4人分）

じゃがいも……2個（250g）
ウインナーソーセージ……4本
ブロッコリー……1/2個
A｛砂糖、酢……各大さじ1
B｛マヨネーズ……大さじ4
　 塩、こしょう……各少し
ゆで卵（10分ゆで）……2個
粗びきこしょう（黒・あれば）……少し

作り方

❶じゃがいもは洗って水気がついたままラップに包み、電子レンジ（600W）で5分、裏返して1分加熱する。皮をむいてつぶし、Aを加えてあえる。

❷ブロッコリーは小房に分ける。ソーセージは1本を斜めに3～4等分する。鍋に湯を沸かしてともに入れ、3分ほどゆで、湯をきって①に加え、Bであえる（ソーセージは炒めてもOK）。

❸ゆで卵は角切りにし、②に加えてそっとあえる。器に盛り、こしょうをふる。

春服の悩ましさ

着る服がない。毎年春はこの問題に直面する。いざ服を買おうと梅田に出向いても、ルクアやグランフロント、三番街を数時間歩き回って、お店に出たり入ったりして、迷って迷ってだんだん頭が沸いてきて最終的になにも手にせず帰ってきてしまうことが多いのだ。春に流行するレースや小花柄など、ふわふわした甘い服が苦手なのも理由のひとつ。パステルカラーも肌が浅黒い私にはハードルが高い。

カラーで思い出したが、先日、美容院でファッション誌を読んでいたとき、「ブルベ、イエベは気にしません」という文章を見て固まった。え、ブルベ、イエベってなに？…これまでもペプラムだとかマニッシュだとか意味不明な単語はあったが、ファッション用語であることは明らかであるし、服を見れば「これのことかい?」と察しがついた。ブルベ、イエベに関してはまるでわからない。「気にしません」ってことは、人からの評価とかそういうこと？ 2つ並んでることに意味あるん？ これ常識なん？ どうしよ怖い。私だけ知らんのちゃうん。ブルベ、イエベってなに——!?

すぐにスマホで調べ「ブルーベース、イエローベース」という言葉を知ったが、それ

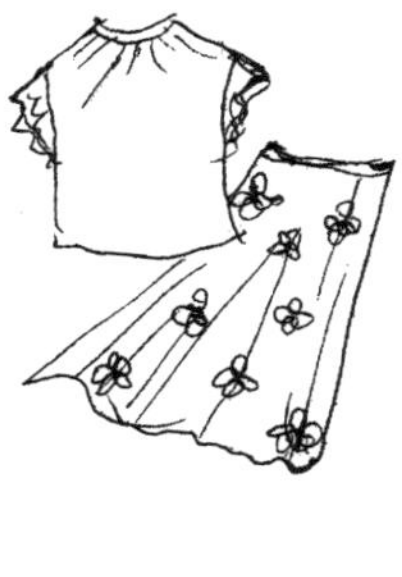

が注釈すらもなく、さらに略されて載っているなんて己の無知にショックだった。その話を友達にしたら、「ゆりの発音、完全につるべやん。笑福亭ブルベ」と言われめちゃくちゃ笑ったわ…と、脱線したが、服がなかなか買えない話だ。

この時期、夏服もチラホラ出始めている。フレンチスリーブがふわりと揺れているのを見ると涼し気だが、ヤツは…このフレンチスリーブは、個人的にだいぶ曲者のアイテムだと思っている。そして今さり気なく「アイテム」などと書いてしまった自分にも恥じている（マリオカートか）。ちょっとヤツについて思うことを言わせてほしい。

フレンチスリーブを知らない方がいるかもしれないので説明すると、ちょろっと申し訳程度についた短い袖である。袖付けの切り替えがなく、身頃から続いた袖のことだ。

ネットで「フレンチスリーブ」と検索すると、続々とこのような文言が出てくる。

・ほんのり肩にかかる絶妙な袖丈はさり気なく二の腕をカバーしてくれる
・半袖とノースリーブの中間丈で肩＆二の腕をほどよくカバー◎
・肩や二の腕をきれいにカバーできます

だが私は言いたい。ヤツはむしろ二の腕が一番太く見える長さである、と。

私がヤツを着用すると、二の腕が突然立派になる。これまで「二の腕でーす」ぐらいだったのが「我こそが二の腕！（ババーン！）」と強く主張し始めるのだ。上半身全体が丸くなるというか。いや実際に丸いんかもしれんけど、思い切ってノースリーブを着るほうがマシなぐらい、妙に腕がムッチリ見えるのだ。

この話をTwitterに書くと、多くの共感の声があった。

「激しく同意です！」「めっちゃ強そうに見えますよねアレ」

「すごく思ってました。一番太いところで布切らしてる感」

「肩がガンダムになる」「ベジータの戦闘服になる」

私だけではなかった。いったい誰が、ほどよくカバー説を唱え出したのだろう。ただ少数派だが細く見える人もいるらしいので、骨格や肩幅によるのかもしれない。

そんなこんなで春服も夏服も難しい。そして私はナニベなのか。カラー診断、骨格診断、体型診断…真に受け過ぎはよくないが、いつか私の知らない私を調べてみたい。

新玉ねぎとアボカドの冷製パスタ

着るものの悩みがつきない春に

ツナに甘辛く味つけしておくことでよりおいしく。生の玉ねぎが苦手なら、パスタとともにサッとゆでて

材料(2人分)

スパゲティ	200g
新玉ねぎ	小1/2個
アボカド	1個
ツナ缶(油漬け)	1缶(70g)
A 砂糖、しょうゆ	各大さじ1
塩	適量
B マヨネーズ	大さじ3
B オリーブオイル(またはサラダ油)	大さじ1
B 顆粒コンソメスープの素	小さじ1
B ワサビ(チューブ)	2㎝
刻みのり(あれば)	少し

作り方

❶玉ねぎはごく薄切りにし、水にさらして水気をきる。アボカドは種と皮を除いて食べやすい大きさに切る。ツナは缶汁を軽くきって**A**を合わせる。

❷鍋に湯を沸かして塩を加え、スパゲティを袋の表示より1分長めにゆでる。冷水に取って締め、水気をきる。

❸ボウルに①のツナ、アボカド、**B**を入れ、②を加えてあえる。器に盛り、玉ねぎをのせて刻みのりを添える。

雨の日の考えごと

雨の日は憂鬱だ。髪が1・3倍にモッサリするし、洗濯物は乾かないし、外出がとにかくおっくうになる。ただ、雨のにおいはすごく好きだ。土が蒸れるような、草や木が輪郭を濃くするような懐かしい、かぐわしいにおい。あのにおいの元はなんだろうと調べると、植物から出る油が地面に落ち、雨によって空気中に上がってくるにおいで、ペトリコールという美しい名前があるらしい。

このように、じつは正式名称があるものや現象は意外と多い。打つとしびれるひじの骨「ファニーボーン」や、何度も同じ文字を眺めているとよくわからなくなってくる「ゲシュタルト崩壊」はテレビ番組『トリビアの泉』の影響でよく知られている。「クロノスタシス」…ふと時計を見たら秒針が止まっているように見える現象だ。「ジャーキング」…寝ている最中にビクゥッ！となる現象。「ＴＯＴ現象」…ここまで出てるのに思い出せない！というアレ（舌端《ぜったん》現象：tip-of-the-tongue stateの頭文字）。

ほかにも冷たいもので頭がキーンとする「アイスクリーム頭痛」（ほんまかいと思っ

たけど医学用語らしい)、ポケットの携帯が震えてないのに震えているように感じる「ファントムバイブレーションシンドローム」、本屋に行くと便意を催す「青木まりこ現象」、年を取るにつれ時間の流れが早く感じる「ジャネーの法則」などなど、名前がついていると、自分だけが感じていたわけじゃないんだと安心する。

ちょっと私も、自分の体験や現象、感情に名前をつけてみたい。

旅行や飲み会など計画中は楽しいのに、前日や当日になると突然嫌になる「ドタキャンシンドローム」。終わってしまうのが嫌でドラマの最終回をいつまでも観られない「ロス恐怖症」。夫や子どもを見てふと「私なんでこの人と生活してるんやろ」と不思議な感覚に陥る「突然他人現象」。用事がないのに通るたびに冷蔵庫をあける「冷蔵庫ルーティン」。洗い物中シンクに重ねた食器で水がはね返りを起こし、床や全身がビショビショになる「湾曲スプラッシュ」。夢の中でスローでしか走れない「ドリームダッシュ」。飲み終わったコーヒーに湯をたして何杯も飲み続けてしまう「アメリカァァァンコーヒースパイラル」。ありがとうと口にすると頭の中で「浜村淳です」と続けてしまう「ありがとう浜村淳です」。服は洗ってもブラジャーだけは大丈夫な気がして数日使う「ブラOK」。キャミソール、ヒートテック、ニットを3枚重ねて脱ぎ、翌日そのまま一気に着る「トリプルキャミヒートニット」…すでに名前がついているものもあるかもしれない（最後の方『ズボラ』や）。

そんなことを考えていたら雨がやんだので、買い物に出ようと思う。雨上がりのにおいはゲオスミンというそうです。

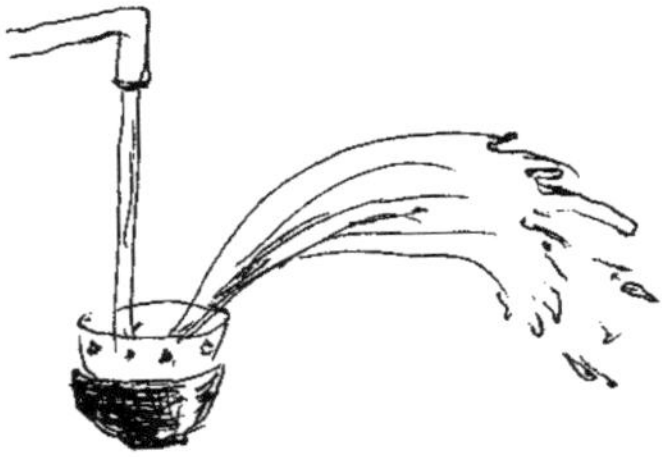

▶湾曲スプラッシュ

レンジで！ ツナ塩昆布チャーハン

買い物に行かなくても作れる

火も包丁も使わない、塩昆布が調味料代わりの和風チャーハン。卵にゴマ油を混ぜて加熱するとかたくならずおいしく仕上がります

材料（2人分）

ツナ缶（油漬け）………………… 1缶（70g）
塩昆布 ………………………………… 大さじ2
A 卵………………………………………2個
　ゴマ油 ………………………… 大さじ1
温かいご飯 ……………茶碗2杯分（300g）
B 顆粒鶏ガラスープの素、
　　しょうゆ…………………各小さじ1
塩、こしょう ……………………………各適量
万能ねぎ（小口切り・あれば）…… 適量

作り方

❶耐熱容器にAを入れて溶き混ぜ、ラップをせずに電子レンジ（600W）で1分40秒ほど加熱する。ツナ（缶汁ごと）、塩昆布、ご飯、Bを加えて混ぜ広げ、ラップをせずにさらに3分ほど加熱する。

❷塩、こしょうで味をととのえる。器に盛り、万能ねぎを散らす。

収納の理想と現実

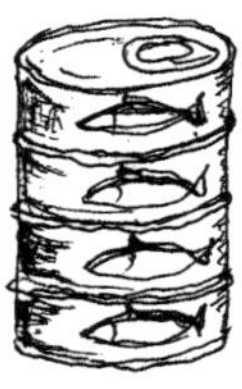

幼い頃、実家の台所を担っていた祖母は整理整頓が苦手だった。概念すらなかったのかもしれない。部屋を片付けている姿を生涯一度も見たことがない。

ストック棚には常にうっすら小麦粉やパン粉が積もっていて、未開封の油やらラーメンやら醤油やらが置いてあったが、年単位で賞味期限が切れているのは当たり前。奥はこぼれたタレでベタベタしたり、倒したメリケン粉（祖母の小麦粉の呼びかた）でザラザラしたり、折れてこぼれたそうめんでポキポキしたりするので手を伸ばすのも憚《はばか》られ、もう食せる状態にない食品たちが、手前のほうでコンスタントに出たり加わったりするマヨネーズらを見守っていた。マヨネーズとサラダ油、どんだけあんねんと思うほどストックあったわ。母が生協で「マヨネーズ安いわ！買っとかな！」と注文し、届いて棚にしまう際に「先週も注文してたわ！」と呆れるパターン。やのに翌週には記憶がリセットされて「マヨネーズ安いわ。買っとこ」言うてたし、スーパー行っても「マヨネーズまだあったっけ？」とか聞いてくるし、そこに「マヨネーズ買うてきといたで〜」

と祖母まで加わるから収拾つかへん。母子ともにキユーピーに脳を乗っ取られてた可能性ある。しかも祖母は手前にあるもんから使うという悪い癖があるため、古いマヨネーズはどんどん奥に押しやられて酸化の一途をたどる。対策として古いものを手前に持ってきておくと急に奥から使いだすのである。なんやねん。ジャルジャルのコント「押しドア、引きドア、間違える奴」か。

が、一番の魔窟はそこではない。祖母の部屋にある幅80㎝くらいのでっかい段ボール箱である。そこにはストック棚に入りきらない缶詰やジュースなどがテンコ盛りに入っているのだが、何年にもわたり物が積み重なり何が入っているのか本人含め家族の誰も把握していない。ストック棚との使い分けはできておらず、こっちにもマヨネーズ、あっちにもマヨネーズ。くしゃくしゃの広告や新聞といった食料ですらないもんまでバンバン入っており、まるで小学校のおまつりでやった「たからさがし」状態だ。

「ツナ缶探してきてー」と言われたら（まず呼びかけが「とってきて」じゃなく「探してきて」の時点でおかしい）ゴソゴソとあらゆる物体をかきわけ捜索に当たる。ようやく発見したら賞味期限が2年前で「めっちゃ切れてるで！」「缶詰やから大丈夫や」なんて日常茶飯事。さすがに2年は大丈夫の範囲超えてへん？

そんな実家に育った私は、自分で家をもったらとにかくスッキリ暮らそうと思っていた。主婦雑誌が大好きなので、知識だけは無駄に豊富。コンロ下の収納棚には、かの有名な無印良品の半透明のメイクボックスで仕切りを作り、乾物、粉類、調味料などカテゴリー別に分類。ひと目でわかるよう立てて収納し、細かいものはジップロックに入れて分類…と、最初はうまくいっていた。

しかし、日に日にどんどん乱れてゆく。全然雑誌のとおりにいかない。なんやろ、こんなピシッと角ばった同じ形のものばっかりこの世になくない？　レトルトカレーぐらいしかなくない？　輪ゴムで縛ってボワンとした形の袋類はどうしたらええの？　使いかけでクリップで留めたパン粉とか、こんなほっそい幅におさまらんやろ。うちのパン粉はもっとふっくらまんまるしてるで（初めて言った言葉…うちのパン粉）。

最初は立ててストックできた塩昆布や顆粒鶏ガラの袋も、量が減ってくるとベニャンと折れ曲がって底に押しやられ、他の食品に踏んづけられ、「鶏ガラなかったっけ？」と新しいのを買ってきてしまうし、残りわずかな麦茶パックの袋が引き出しの向こう側に落ち、閉めるたび挟まってクシャクシャで発見されたりする。使いかけのパスタとか口さえ閉じてへんしな。引き出し自体が巨大なでっかい保存容器みたいになってるわ。

ほんで、どのカテゴリーにも属さんやつの多さよ。引き出物の丸い紅茶の缶とか、お土産にもらった瓶詰、雑穀なんかの無所属新人があらゆるボックスを侵食しだすし、そこに大容量のコーンフレークや花かつお、巨大韓国のりなんかが加わった日には2〜3個ボックスをまたいでバーンと上にのせるしかなく、一気に景観が乱れてやる気がそがれる。そうなると、こっちもヤケになってきて（こっちもって何。そっちがそう出るならみたいに書いてるけど全部お前やで）、ルール無視してどんどん上に重ね始め、最終的にめちゃくちゃになるのである。

なのでもう、景観を乱すものたちは「分類できませんでしたコーナー」として、その下にあるもう一つの引き出しを使用することにした。そこは仕切りも入れず、フリースタイルで保存。するとどういうわけか、買うもの買うもののほとんどがそのコーナー行きになってしまう。面倒くさいからとりあえずそっちに放り込んでしまうんです。もともとスカスカだったのに、今や上の段に勝るとも劣らないぐらいパンパンになり、上にどんどん重ねていくから下のほうは何が入ってるのかわからない。パッと見える範囲で、ジャンカラ※で無料で配られた「喉をうるおすドリンク」の試供品が5本もあるし、マヨネーズやツナ缶が上の棚にも下の棚にも…ってこれ、祖母の魔窟ダンボール再来やないか！　2年前の缶詰が出てくるのも時間の問題やわ。

※「ジャンボカラオケ広場」の略。関西地方を中心に展開しているカラオケチェーン。私の学生時代は1時間90円ととんでもない安さで、毎週のように通ってました

台所全体でいえば「見せる収納」にも憧れる。木の板を壁にはわせたシンプルな棚に、和食器、竹かごや鍋、観葉植物、グルグル回してコーヒー豆をひくやつなんかが並べてあったりするアレ。フライパンや竹ザルを吊り下げて収納したり、しゃもじや木べら、菜箸をガサッと無造作に立てて置いてあったり…ゴチャゴチャしつつも落ち着く、あの独特のカッコよさ。夫婦とも襟の無い白いシャツ着てる（収納関係あらへん）。

だがこれも、いざ自分の家に置き換えると無理だった。見せられないものが多すぎる。私のそれらは生活感丸出しのせいで、非常に汚らしいことになるんです。

その生活感がいいんですよ、と、収納マスターは言ってくださるだろう。ありのまま、生活感をあえて楽しむのだと。だが彼らの生活感は、なんというか、妙にオシャレな生活感なのだ。生活感のくせにオシャレ。かすれた木製の棚、少し焦げたセイロ、サビた鉄のフライパン、古びた土鍋、昭和レトロな花柄ホーロー鍋…すべてが味でしかない。こちとら、そんなメロウな生活感は醸し出せない。テフロン加工の派手な色に銀の縁のフライパン、アナ雪のお弁当箱にプリンセスの水筒、大量のジップロック、ぶんぶんチョッパー、阪神タイガースのまな板…現代プラスチック的なガチの生活感なのだ（現代プラスチック的なガチの生活感。何その日本語）。

だいたい、わが家は食器の数が多く、出しっぱなしの収納は危ない。なので食器は、食器棚と引き出しに分けて無理やり突っ込んでいる。できるだけスッキリおさめようと、雑誌を参考にして大皿はファイルケースに立てて収納しているが、ほとんど撮影用で1枚ずつ形がバラバラなため、ピッタリ重ならずおさまりが悪い。こっちのファイルケースは詰め込み過ぎて変形し、ボワンと膨らんでいるのに対し、隣のファイルケースはムンクの叫びみたいにくびれて変形してるし、そもそもケースに入らんサイズのお皿も多数存在するし、またケース自体も引き出しにフィットしてないから微妙に隙間が空いてて、そこにも容赦なくお皿突っ込んでるし、溢《あふ》れたお皿はファイルケースをまたぐ形で上にバンバン詰んでるしで、もうワヤクチャ。魔窟ダンボールアゲイン。

でも私はまだ諦めていない。いつの日か理想のスッキリした台所にするべく、「ＥＳＳＥ」の片付け・収納特集を熟読している。手始めに襟のないシャツを手に入れようと思う。

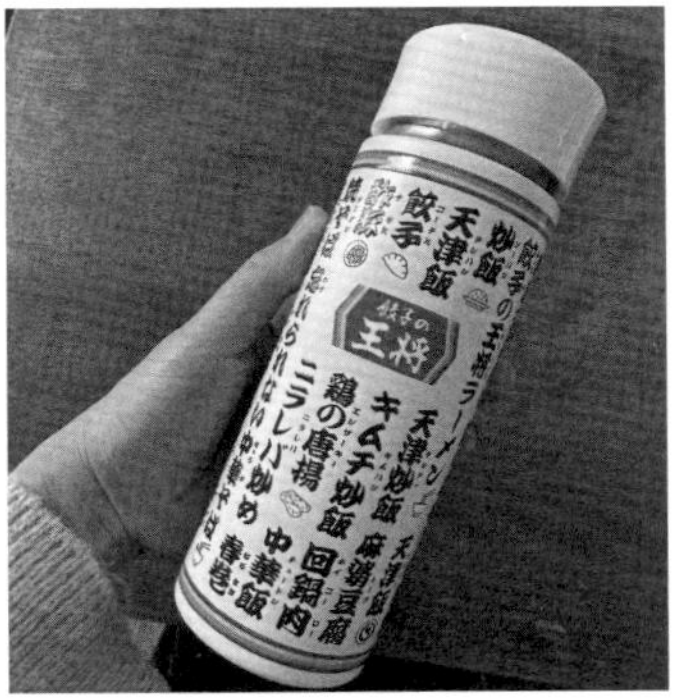

見せる収納NG界隈

レンジで一発!
ツナとじゃがいもの塩だれ煮

忘れられそうなツナ缶と
袋がクシャクシャの鶏ガラスープの素で

じゃがいもは小さめに切るのがコツ。
一度冷ますと中まで味がしみてよりおいしい!

材料(4人分)

ツナ缶(油漬け)……………………1缶(70g)
じゃがいも……………………3個(約350g)
玉ねぎ……………………………1/2個(100g)
A 顆粒鶏ガラスープの素……大さじ1
　水……………………………………大さじ4
　砂糖、ゴマ油………………各小さじ1
　塩、こしょう、にんにく(チューブ)
　……………………………………各少し
粗びきこしょう(黒)、
　万能ねぎ(小口切り・各あれば)
　……………………………………各適量

作り方

❶じゃがいもは皮をむいて小さめのひと口大に切る。玉ねぎは薄切りにする。ツナは缶汁を軽くきる。

❷耐熱ボウルに①のじゃがいも、玉ねぎを入れてツナをのせ、合わせた**A**を回しかける。ふんわりとラップをし、電子レンジ(600W)で12分加熱し、よく混ぜる。器に盛り、こしょうをふって万能ねぎを散らす。

バイキングで元をとるということ

家族旅行に行った。旅行といっても家から1時間ほどの距離、日帰りでもいける観光ホテルだ。大浴場は広くて心地良く、室内で子ども用の縁日が開かれていたり、キッズスペースが豊富だったりと子連れに優しい。施設には劇場まであり、前日にはスーパー銭湯アイドルグループの純烈がきていたらしく、純烈目当てで宿泊していたらしきマダムたちがゾロゾロと列になって帰っていった。

さて、ホテルの目玉が朝昼晩のバイキングである。この時期は料理の鉄人、陳建一の麻婆豆腐丼に、シェフが目の前で切り分けるローストビーフ、サワラのすり流しなど魅力的な料理が所狭しと並んでおり、名物料理や期間限定のものはかたっぱしからお皿に盛った。満足げに席につき、ふと夫のお皿を見ると、から揚げやフライなどとともに、お寿司のエビと、イカが2貫。イカ2貫!!

お笑いコンビ千鳥のネタだが実際に使う機会があろうとは。しかもスーパーの手頃な値段のお寿司パックに入ってるタイプのイカな。ついでにエビも、お寿司のイラストで必ず描いてあるようなエビ！　っていうエビな。もちろん私も大好きやけど、ホテルま

できて何そのチョイス。もう近所のスシローでええやん‼

自分が食べるわけでもないのに軽いいら立ちさえ覚え、「クエ鍋食べた?」「ローストビーフ並んだら?」など口うるさく助言していたが、その時ふと、バイキングでトクをするとはどういうことだろうと考えてみた。

バイキング。ずらりと並ぶ料理に心が躍り、あれもこれもお皿にのせ、「あと…あとひと口なら入る…!」とはうように料理の台に向かい、満腹で動けなくなる失敗を何度も経験している。ホテルの朝食ビュッフェでコーヒーと果物だけをつまんでスッと去るマダムを見ると尊敬しかない。私などスクランブルエッグ、ベーコン、ソーセージのくだりは完全に想定内の味にもかかわらず一通り盛ってしまうし、クロワッサン、五穀米、ワッフル、冷やしうどん…ええい!とすべてに手を出し、和食と洋食2ターンしたあげく最終カレーに手を染めてしまう。一口分だけでもご飯をよそって味を確認したくなる。

なんて欲ばりなのだろう。「元を取る」とは、意味としては「払った金額を回収する」ということだが、食べな損やと腹12分目で吐き気を催しては本末転倒ではないか。かといって、原価率がいちばん高いものを調べあげ、ローストビーフやアマダイを食べ続けるのも違うだろう。

真の意味での「元を取る」とは、量でもお金でもなく「心が満足する」ということだ。損得勘定抜きに食べたいものだけを食べ、食後は軽やかに立ち上がれる量にとどめる。コーヒーフルーツマダムはまったく損はしてないのである。あんなに料理があっても心が乱れず、普段のペースを守れる精神。気品。本当の満足を知っている、成熟した人間の姿なのだ。夫も然《しか》り。私のように意地汚く、少しでも特別で高そうなものを狙わず、100円のイカやエビだろうと、自分がいま本当に食べたいものだけを食べている。ある意味、見習うべき姿勢ではないだろうか。

その後、皿を空にした夫は2回目の料理を取りに行き、辛いものも山椒も苦手なのに陳建一の麻婆豆腐丼を2皿も取ってきた。

私「山椒めっちゃきいてるけど、いけるん?」

夫「いや全然好きちゃうけど、食べな損やと思って」

一緒やないか。一緒どころか、好きでもないのに食べるってマジで損得のみやないか。夫婦ともまだまだ未熟である。ちなみに麻婆豆腐丼は絶品でした。

簡単！ 麻婆豆腐丼

辛いものが苦手でも大丈夫！

ザ・基本の麻婆豆腐をライスにオン。豆板醤だけ先に炒めてから、その他の調味料を入れるのがおいしさのポイント

材料（たっぷり2人分）

豆腐（絹ごし）…………1丁（300〜350g）
豚ひき肉……………………………………120g
長ねぎ………………………………………1/4本
ゴマ油…………………………………… 小さじ2
にんにく、しょうが（各チューブ）…… 各2cm
豆板醤…… 小さじ1/2〜2（好みで調節）
A 水…………………………………………200mℓ
　顆粒鶏ガラスープの素… 大さじ1/2
　みそ、しょうゆ…………各大さじ1
　砂糖…………………………………… 小さじ2
B 水…………………………………… 大さじ2
　片栗粉………………………………… 大さじ1
ご飯…………………… どんぶり軽く2杯分
ラー油（好みで）、粉山椒、
　長ねぎ（みじん切り）…………各適量

作り方

❶長ねぎはみじん切りにする。豆腐は2cm角に切る。

❷フライパンにゴマ油小さじ1を中火で熱し、①の長ねぎ、ひき肉、にんにく、しょうがを炒める。肉の色が変わったら豆板醤を加えてさらに炒める。合わせた**A**を加え、煮立ったら①の豆腐を加えて2分ほど煮る。**B**の水溶き片栗粉でとろみをつけ、残りのゴマ油を加えて1分ほど強火で煮る。

❸器にご飯を盛って②をかけ、ラー油、粉山椒をふり、長ねぎをのせる。

星に願いを

年中行事には、伝統の深さは別として、華やかなものと少々地味なものがあると思う。クリスマスやハロウィンは前者、土用の丑の日や冬至は後者だ。ハロウィンに関してはひたすら避け続けてきたが、子ども経由でグイグイ来るためついに白旗をあげた。

七夕もまた後者であると思う。地域によってはお祭りなどで盛り上がるだろうが、ハロウィンのそれと比べると圧倒的に控えめだ。私は子どもが生まれるまで存在すら忘れ、完全にスルーしていた。鬼に豆をぶつけるとか、ユズと風呂に入るなどと違い「1年に一度、織姫と彦星が天の川を越えて再会し、願いごとをかなえてくれる」なんて随分とロマンチックでクリスマス並みに盛り上がってもよさそうなのに、いまだに七夕は当日に「そういえば今日七夕やん」ぐらいの、なんなら「昨日七夕やったんや」ぐらいの思い出し方だ。クリスマスソングと違って七夕ソングはアレ一択やしな。笹の葉さらさら。きんぎんすなご。園児が意味わからず歌ってるフレーズ第一位「きんぎんすなご」（第二位「そのなもいだいなハメハメハ」）。個人的にこの歌の2番の歌詞「五色の短冊　わ

たしが書いた」って突然一人称が登場するところにドキッとするわ。え！ 誰かそこにおったん!? あなたが歌ってたん!? ってなる。

織姫と彦星のエピソードもうろ覚えで。子どもの頃にちゃんと聞いた気はするが、詳しく思い出せない。調べてみると、元は中国から奈良時代に伝わったもので、機織《はた》りが上手な『おり姫』と働き者の牛飼いである『ひこ星』が、神様の引き合わせで結婚し、仲良く暮らし始めた。でも２人は楽しさのあまり仕事をせずに遊んでばかり。娘が機《はた》を織らなくなり、みんなの衣服はボロボロに。彦星の畑の作物は枯れ、牛も病気になってしまう。怒った神様は２人を天の川の両端に引き離したが、悲しみに暮れる２人を見て、年に1度だけ会うことを許した。それ以来、２人はその日を楽しみにまじめに働くようになった。めでたしめでたし…というものだ。何このロマンチックでもなんでもない話。何を感じればいいん。やらなアカンことはちゃんとせえよってこと?

この曖昧さ、地味さ、奥ゆかしさこそ七夕のよさだと思う。キラキラ飾られたクリスマスツリーとは異なり、静かに笹の葉が揺れている姿は風情がある。七夕までどこかの企業戦略に乗せられ、大量のそうめんやゼリーが破棄されたり、SNSで#七夕パーティ♪　#織姫コス　#私の彦星はいつか見つかるかなあ　#さみしい　#病む　#心配しないで　みたいなことになっては居心地が悪い。家でそうめんをすすり、夜空を見上げるぐらいがちょうどいいのかもしれない。

と言いつつも、幼い頃はけっこう楽しみな行事だった。なんせ1年に一度、願いごとをかなえてもらえるかもしれない日。夢見がちなオカッパ娘は大いにはりきった。笹は近所の竹やぶからはみ出た細い部分を切り取って拝借。竹やぶの時点でそれは笹ではなく竹であるし、シンプルに泥棒である。そして折り紙で、ちょうちんか天の川かなんかしらんベロベロに切ってベロベロ伸ばしたベロベロのオブジェをいっぱい作り、短冊をこしらえて家族みんなに渡し、願いごとを書くよう強要するのだ。

母は毎年「家族が安全・健康でいられますように」と書いた。なんてつまらないのだろう。欲しいものとか、やりたいこととかないのだろうか。ほんまにこれでいいん？と確認しつつ、自分は「走りが速くなりますように」だの「子犬が欲しい」「無理ならハムスターが欲しい」だの私利私欲を大いにつづった。

時は経ち、娘に「ママも書いてな」と渡された短冊に、あの頃の母と同じ願いを書いている自分に気づく。「これだけ?・」という娘を膝に乗せて抱きしめる。これ以上はないねんなぁと、今になってわかるのだ。

七夕フルーツポンチ

星形牛乳プリン入り！

型抜きしたかための牛乳プリンがかわいいフルーツポンチ。星のゼリーは溶けやすいので早めに食べて（笑）

材料（4人分）

粉ゼラチン……………1袋（5g）
水……………………… 大さじ2
イチゴ………………… 1パック
パイナップル缶（輪切り）
………………………………4枚
A 牛乳（または豆乳）
　………………………150mℓ
　砂糖………………大さじ2弱
ミカン缶……… 1/2缶（150g）
サイダー（加糖・または
　好みのジュース）……… 適量

作り方

❶粉ゼラチンは分量の水にふり入れてふやかす。イチゴはヘタを除いて半分に切り、パイナップルは1枚を8等分に切る。

❷耐熱容器にAを入れ、ラップをせずに電子レンジ（600W）で1分30秒ほど加熱し、混ぜて砂糖を溶かす。①のゼラチンをラップをせずに電子レンジ（600W）で30秒ほど加熱して溶かし、加えて混ぜる。粗熱がとれたらバットなどに流し入れ、冷蔵庫で1時間以上冷やし固める。

❸器に①のイチゴ、パイナップル、ミカンを盛り、②を星型で抜いて加え、サイダーを静かに注ぐ。

イルカに乗った少女

買い物帰りに小学校の横を自転車で通ると、バシャバシャという水音やピーッという笛の音。こんな暑い日のプールはさぞかし気持ちがいいだろう。ただ、私も泳ぎたいなどとは思わない。運動神経が絶望的に悪い自分にとって水泳もまた例外ではないからだ。

私の出身地は大阪の吹田市なのだが、「吹田の子どもは全員泳げる」と言われるぐらい水泳に力をいれている。小学6年の夏には臨海学習があり、大人でも足のつかない沖で1kmほど泳ぐため、6年の夏の特訓は、他校から転校してきた顔さえ水につけられないような子でもひと夏で500mほど泳げるようになるぐらい厳しい。ゆえに私も泳げないわけではないのだが、水泳教室に通っている子が非常に多いためスピードの差が半端なく、授業でクロールや平泳ぎをする際はいつも後ろを詰まらせていた。

思い出すのは中学時代、年に一度のクラス対抗水泳大会だ。いわゆる運動会のようなノリで25m自由形やらリレーやら、あらゆる種目が数時間ぶっ続けで行われるというもの。憂鬱だった。迷惑をかけるし恥もかく。できれば全種目見学していたいが、最低1回はどれかの種目に出場しなければいけない決まりがある。

そんな私に光が差した。種目のなかに「イルカリレー」なるものがあったのである。海でよく見かけるでっかいイルカ、というかシャチの形の浮き袋を使ったリレーで、ある種、お遊びとして入っていたものだ。これならどれだけフォームや息継ぎが格好悪くても関係ない。笑われることもないだろう。

幸い誰もやりたがらなかったためジャンケンにもつれ込むこともなく決まり、大会本番を迎えた。クロール、背泳ぎ、平泳ぎ…上手な子は水面に吸い込まれるように静かに水に飛び込み、プールの底深く沈み、体をフナフナフナフナフナフナフナさせてグングン進む。（あの全身ワカメ人間みたいな動きどうやったらできるん。その場にとどまってまうねんけど）最初はダルいと斜に構えている子たちもプログラムが進むにつれ熱くなり、声援とともに盛り上がってゆく。

イルカリレーはほぼ最後の競技だった。私はトップバッター。落下するとその先に迷惑がかかるため、スタート前に集中してイメージトレーニングをした。勝負は水面に乗る際に決まる。バランスが崩れたらイルカがクルンと裏返り、落下は必至。まずは焦らないのが肝心だ。重心を真ん中にして、イルカに抱き着くように体をフィットさせ、そっと水面へ……。

イルカリレーにここまで真剣に挑んでいるやつは私しかいない。「よーいドン！」の合図でみな勢いよく飛び出し、バシャン！ドボン！と響く水音とともに私以外全員落下した。

「キャー！」という女子の叫び声、周囲の笑い声。それを背に受け、私とイルカは走り出した。お尻と足をホッホホッホと前後に動かし、水面を蹴り、馬を乗りこなすかのようにイルカと一体化してグングン進んでいく。

「ゆりうますぎやろ」「山本やばい」

爆笑するギャラリー。この競技に限っては「キャー」と落ちた女子たちが正解だったらしい。10m…15m…20m…見事落下せず圧倒的勝利で次につなげた。

その後もほとんどの者が落下し、グダグダで終わったのだが、あの日、私が生まれて初めて運動で一番になった感覚を、恥ずかしながら今でも忘れられないでいる。

たっぷりワカメのかきたまクッパ

ワカメ野郎に捧ぐ

肉も卵も野菜も海藻もとれる！ キムチやラー油を加えても。ご飯にかけず具だくさんスープとして食べても

材料（4人分）

ご飯……茶碗4杯分
豚こま切れ肉……150g
カットワカメ（乾燥）……大さじ1〜2
玉ねぎ……1/4個
卵……2個
A
水……1000mℓ
顆粒鶏ガラスープの素……大さじ2
しょうゆ……大さじ1
もやし……1袋
塩、こしょう……各少し
ゴマ油、いりゴマ（白・あれば）……各適量

作り方

❶玉ねぎは薄切りにする。卵は溶きほぐす。

❷鍋にA、①の玉ねぎを入れて中火にかける。玉ねぎが透きとおったらもやし、豚肉、ワカメを加え、肉の色が変わるまで煮る。火を強め、①の溶き卵を細く回し入れ、卵が浮き上がってきたら塩、こしょうで味をととのえる。

❸器にご飯を盛って②をかけ、ゴマ油をたらしてゴマをふる。

洗濯は好きですか？

洗濯機から取り出した夫のTシャツの丈がうそみたいに伸びていた。先日私が買ったばかりの、ちょっといい値段のするお気に入りのTシャツ。まさかこんなに伸びるなんて。裾ベロベロやん。チュニックみたいになってるやん。なにこの素材。え、どうしたん？ だれかにやられたん？ おい！ だれにやられたんだよ!!

…とベロ裾に問い詰めたところで犯人は私でしかない。底抜けに面倒くさがりゆえ、洗濯表示を確認したり、洗濯ネットに丁寧に分けたり、襟や袖だけ石けんで手洗いしたりと細かいことをちゃんとしないからこうなるのだ。一枚一枚広げもせずバスバス洗濯機に放り込み、ズボンにストッキングがグルグル巻きついているなど日常茶飯事。子どものパンツが脱いだ状態のままズボンと合体して出てきたり、給食着のマスクがポケットから変形した白いかたまりとして発見されたり、オムツやティッシュを回す失敗も数えきれない。この間は家の電子キーをポケットに入れたまま洗濯していた（壊れたと思ったが普通に使えてびっくりした。リクシルすごい）。

このようなうっかりミスに加え、自らの意思で一か八かの賭けに出て玉砕することも多い。手洗いしかできない素材のトップスを「そんなヤワじゃやねぇだろ?」と洗濯機に放り込んで思いきり縮めたり、「色移りする場合があります」の注意書きを「とどまれ!!」と念じてTシャツをまだらに染めたり。ていうか「手洗い可能」って表示なんなん。可能とか若干ポジティブな言い回ししてるけど、手洗い可能なんて洗濯不可と同義語やろ。手洗いできるんやったら買っちゃお！ってなるやつどこにおんねん。

先日は汚れたクッションを突っ込んだ。カバーじゃなくて本体のほうな。洗濯不可っぽい雰囲気ムンムンやったけど一か八か「よろしくお願いしまーす！」と『サマーウォーズ』並みに願いを込めてスタート。出てきたクッションは3倍の厚みにモッサリと膨らみ、二度とカバーにおさまることはなかった。

また洗濯には干す作業が伴うが、これがまた嫌いだ。一番嫌い。伸びないよう裾からハンガーを通さねばならないのは百も承知で首から通す。ピンと引っぱったりパンパンたたいたりしないので基本的にシワシワに乾く。取り込む際もハンガーを裾から抜かず、片手で首元をスッとずらして外すから首回りが徐々にヨレヨレになっていく。外した勢いでハンガーがクルクル回転し、落下し、しゃがむのが面倒で放置し、ベランダでカピカピに乾燥してホコリまみれになる。干しっぱなしで雨が降って濡れてしまったら一周回って晴れて乾くまで干してたりする。知ってた？雨って汚いねんで。

取り込んだ洗濯物もすぐには畳まない。でっかいバケツにどんどん放り込んでいき、着る服はできるだけここから引っ張り出して畳む手間を省く。下着なんかは取り込んでバケツに入れたら、すぐにまた取り出して着用するから、同じのばーっかりはいてる。もはやバケツさえ経由せず、取り込んだ瞬間に脱衣所に置いてたりして、ほぼ2種類を延々ローテーションしてるわ。


こんなにズボラな主婦はいるのだろうか。というか、こんな母親でいいのだろうか。私が改心するのが先か、全自動洗濯物畳み機が一般家庭に導入されるのが先か。

今後の未来に乞うご期待である。

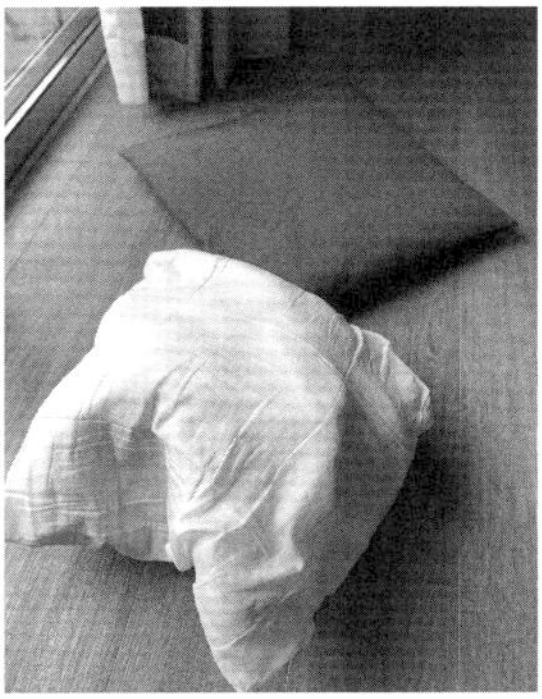
二度とおさまらないクッション

包丁いらず！
ひき肉もやしコーンのたれバターライス

そんなズボラな方でもつくれる！

焼き肉のたれ、バターとしょうゆの香ばしさがやみつきに！
もやしが１袋入るので、ボリューム満点です

材料（4人分）

合いびき肉……150g
もやし……1袋（200g）
コーン缶（ホール状）…大さじ6（約80g）
サラダ油……小さじ2
温かいご飯……茶碗大4杯分（800g）
A 焼き肉のたれ（市販品）…大さじ4
　しょうゆ……大さじ2
　バター（またはマーガリン）……20g
塩、こしょう……各少し
ドライパセリ、粗びきこしょう
　（黒・あれば）……各適量

作り方

❶フライパンにサラダ油を中火で熱し、ひき肉を炒める。肉の色が変わったらもやし、コーンを加えて炒める。

❷①にご飯を加えて炒め合わせ、Aをからめて塩、こしょうで味をととのえる。器に盛り、パセリ、こしょうをふる。

読書の秋の罠

「スイカが食べたい」

3歳の次女が言った。スイカは秋にはもうないのだと答えると、じゃあ、ブドウ！と。

保育園の帰り、小さな手をつなぎスーパーマーケットに入る。自動ドアが開くと、パッと目に飛び込んできたのは一面のブドウ。デラウェア、巨峰、マスカット。赤や黄色や緑の力強い、あでやかな夏の野菜から、紫、黄緑色、柿色、茶色と少し落ち着いた色合いに変わる秋のスーパーが私は好きだ。

娘はひときわ粒の大きい巨峰に目を奪われ、同じように目を丸くして「これ！」と言った。ああ、それには、大きい種があるのだ。別のブドウ、種のないブドウ…。

娘が生まれてから、ブドウは種なしを好んで買っていた。ブドウだけじゃない、スイカもできるだけ種の少なそうなものを選んだ。食べさせるときにひとつひとつ取るのが面倒だし、口に入ると嫌がるからだ。でも…それでいいのか？と自分に問う。

本来果物は種があるものだ。種があるから、次の命につながる。かむと苦いし、じゃまだけれど、種は大事なものなのだ。

そうだ、今日は種入りを買おう。家で待っている長女にいやな顔をされるだろうか。想像したら、少しワクワクしてくる。そんなことより、私はこれまでこんな文体でコラムを書いていただろうか。いや違う！これは、さっきまで宮下奈都さんのエッセイを読んでいたからだ。影響受けすぎやろ！完全に自我が崩壊してるやないか！

没頭して本を読んでいると、しばらくの間、頭の中の口調がその本の文体になっている。本を閉じても主人公を連れてきてしまい、ただ雨が降っただけでも

コンクリートとともに心まで洗い流してくれるようだ
湿気まじりの冷えた空気とともに頭が冴えてくる

など妙にセリフじみた言葉が浮かぶ。この余韻こそが本の醍醐味《だいごみ》の一つでもあるが、そのままコラムを書こうもんならこの有様だ。これは、ぼくの文体なのッ！絶対に絶対に自分の文体なのッ！と言い聞かせても、ううむ、どうも違うようだぞ、と困っちゃうのである。ちなみにこれは原田宗典さんの本を読んだあとである。アンタねぇ、いちいち気にしたってしょうがないよ、あたしゃ本ってそういうもんだと思うよ、とさく

らももこさん。どうしようか悩んだけどさ、このまま書いてみました〜!! どうですか〜!! はる兄「それでいいんじゃない?」ってさ。お前さん、偉そうだな。今のはもちろんみきママさんのブログです。

私のエッセイ本やブログを読んでくださっている人も、頭の中に私の口調が現れることがあるのだろうか。いちいち「なんでやねん」とか「知らんわお前のいつも」とか聞こえてきたりするのだろうか。もしもそうなら、うっとうしくて申し訳ないけど、ちょっと嬉しく思います。

宮下奈都さんの大好きな本。
『とりあえずウミガメのスープを仕込もう。』

りんごたっぷり寒天

すりおろし＋角切り＋ジュースのトリプルりんご。
ゼリーとは違う、少し固めのホロッとした食感がまたおいしい

材料（4人分）

りんご……1/2個
りんごジュース……適量
A 粉寒天……1袋（4g）
　水……300mℓ
砂糖……大さじ5
りんご（飾り用・皮つきのまま小さい角切り）、ホイップクリーム（あれば）……各適量

作り方

❶りんごは皮と芯を除いてすりおろし、計量カップに入れ、りんごジュースと合わせて300mℓにする。（面倒ならりんごジュースだけで300mℓにしてもOKです）
❷鍋にAを入れ、泡立て器で混ぜながら中火にかける。沸騰したら火を少し弱め、1〜2分混ぜながら煮る。火を止めて砂糖を加え混ぜる。
❸耐熱容器に①を入れ、ラップをせずに電子レンジ（600W）で1分ほど加熱し、②に少しずつ加えてよく混ぜる。器に等分して流し入れ、飾り用のりんごを加え、冷蔵庫で1時間以上冷やし固める。ホイップクリームを絞る。

ありがとうヒートテック

寒がりである。家族にもホトホト呆《あき》れられるぐらい寒がりである。毎年冬を迎えるたびに「無事、春まで生きていられるだろうか」と憂鬱になる。大阪の冬など北海道、東北の方に言わせれば、イヤイヤなに言うてんねん、甘すぎるがな！という話だろうが（大阪の方に言わせてるやろ）寒いものは寒い。仕事も買い物も、飲み会や楽しい予定でさえも、寒いというだけで意欲の多くが失われ、家から一歩も出たくなくなる。

そんな私の必需品は、おなじみユニクロのヒートテックだ。ヒートテックがない時代どうやって冬を越えてきたのか今では思い出せないぐらい溺愛している。10月の少しでも肌寒い日にはもう袖を通し始め、10月後半〜11月前半には「極暖」という1・5倍暖かいとされるヒートテックを常用し、さらに11月後半には「超極暖」という、数年前に発売された極暖よりも1・5倍暖かいとされるヒートテックにレベルアップさせる。

超極暖を初めて着たときはびっくりした。「これは…肌着というかもはや服！」1・5倍暖かい代わりに3倍分厚い。そら暖かいわ！と突っ込みたくなる分厚さ。

しかし普段からそんなピッチリした服を着ない私にはなんのデメリットもない。

こういう話をすると「そんなに早くからヒートテックを着て、真冬はどうするんですか?」と聞かれたりするが、それは愚問である。私もまだひよっこだった時「今これを着てしまうとこれ以上寒くなった時に困る」という理由でヒートテックやコート、ダウンなど、すべての防寒グッズをギリギリまで着用せずに過ごしていた。なんなら最終兵器を温存したまま冬を越してしまった年さえある。が、ある時気づいてしまった。

早くから着ようが、ギリギリに着ようが、真冬の寒さの感覚はそない変わらん、と。

これは快適に過ごす日数を自ら縮めているだけなのだ。10月に寒さに耐え、11月にも震えながら寒さに耐え、12月にやっと解禁して温かく過ごすならば、10月も温かく、11月も温かく、12月も温かいほうが良いに決まっている。むしろ季節の変わり目こそが体が慣れておらず一番寒さに敏感だったりもするわけで、先のことは考えず、今この時を快適にすることだけを考えれば、結果として冬じゅう快適に過ごせるのである(これ夫に言っても全然伝わらへんねんけど、なんで? なんぼ言うても『いやこの先どうすんねん』言うて震えて耐えてる。まさにラストエリクサー症候群※やわ)。

※ゲームにおいて希少な消費アイテムを温存したまま使わずにクリアしてしまうプレイスタイルを指す俗語

人によってはどんなに寒い冬でもコートの下はノースリーブで素肌を感じたいという人もいるそうだが（人によってはっていうか、藤原紀香しか知らんけど）、私は隙間という隙間すべてを埋めつくしたいタイプだ。真冬の基本スタイルは、ヒートテックのキャミソールの上に超極暖ヒートテックを着用、下半身は超極暖タイツ、さらにヒートテックの靴下をタイツの上に重ねるようにはく。スピードスケートでもしそうなほどの全身黒タイツ人間。ヒートテッカーを通り越してヒートテッケスト（最上級）、許されるなら顔回りもヒートさせたい。ここまでくると通常のヒートテックなどただの黒い下着にしか思えなくなるし、あんな薄いもので冬を過ごすなんて正気の沙汰じゃないとさえ思う。

ただ1つだけ注意点がある。全身に超極暖を着用した場合、フィット感がありすぎて、その上に服を着忘れても感覚として気づかないのだ。そのまま出かければ変態である。「スカートはいていない!!」と、あわてて戻ることのないようにだけ気をつけ、今年は快適な冬をお過ごしください。

包丁不要!
鶏団子ともやしとワカメの煮物

寒い日に食べたい、ほっと温まる味

団子はポリ袋で作って、洗い物も最小限に。
煮つまってしょっぱくなったら水をたして

材料(4人分)

鶏ひき肉(あればもも)……………300g
もやし……………1袋
カットワカメ(乾燥)……………大さじ1

A
- 片栗粉、酒……………各大さじ2
- 砂糖、しょうゆ……………各小さじ2
- しょうが(チューブ)……………2cm
- 塩、こしょう……………各少し

B
- 水……………800mℓ
- 顆粒鶏ガラスープの素……………大さじ1と1/2

ゴマ油、万能ねぎ(あれば)、
いりゴマ(白)……………各適量

作り方

❶ポリ袋にひき肉とAを入れ、全体がなじむまで袋の上からよくもむ。

❷鍋にBを沸かし、①をスプーンまたは手で団子状に丸めて入れ、浮き上がってきたらもやしを加えて2〜3分煮る。

❸②にワカメを加えて火を止める。器に盛ってゴマ油をたらし、万能ねぎを手でちぎって散らし、ゴマをふる。

こんな感じで続きます

スマホ首の悩み

「ゆりさんってもしかして、ストレートネックじゃないですか?」

先日ブログにコメントをいただいた。もしかせんでも、ストレートネック中のストレートネック、ウルトラスーパーストレートだ（ユニクロのジーンズか）。首がニュッと前に出ているため、正しい位置に首を戻して「これが本来のあなたの顔です」と言われたら立ち直れないほどに二重あご。

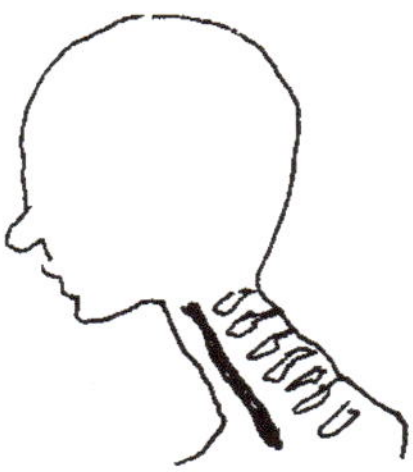

原因は明らかである。この仕事をして約10年。基本的に1日8時間以上は背を丸めてパソコンを打ち、運動はほぼゼロ。台所仕事も猫背で目線は下、寝落ちする直前までスマホを触り、「目が…目がぁ…」と思いながら眠りにつく。朝から晩までストレートネックになることしかしてないのだ。

これではいけないと、改善法をあれこれ検索していると、あるサイトに

「一説には、日本人の9割はストレートネックの兆候があるそうです」

と書いてあった。9割って、もはやスタンダードやん。ストレートネックじゃない側の人間をこっちに合わせたほうが早くない？ 異常じゃなくて、じつは進化なんちゃうん。

が、ストレートネックは肩凝り・首の痛み・頭痛・眼精疲労・めまい・吐き気などあらゆる不調の原因になるそうで、たとえ9割いようが全員治したほうがいいらしい。

サイトには続けてこうあった。

「ストレートネックのおもな原因は下記の3つです。1.スマホの長時間使用、2.長時間のパソコン作業、3.ゲームのやり過ぎ、4.高過ぎる枕で寝ている」

4つやないか！　というのはさておき、やはりスマホとパソコンである。今、この文章を書いている時間も、刻一刻とわがネックはストレートになっているのだ。

まずは付け焼刃ではあるが、整体を予約してみた。ホンワカした若い女性の施術師の「今回担当させていただきます畑中（仮）です。なにか気になるところはありますか？」という優しい問いかけに「よろしくお願いします。ストレートネックです」とまるで自己紹介のように申告してしまったが（浪速のストレートネックこと山本です）、先生は「一緒に治していきましょうね」と笑顔で応じてくれた。体をくまなく触り、頭や首をゴインゴインしてくださり、数十分かけてすべての施術が終了。

「足の甲に、本来は奥にあって触れない骨があるんですが、山本さんの場合は前に出てきてしまっていて触れてしまうんです。だから足首の動きが制限されているんですよね」

え、なにそれ怖い。なにその骨。なんで出てきたん。

ほんでストレートネック関係あらへんがな。

２０２０年こそ、本気で体を治していこうと思う。

せせりとじゃがいもの
めんつゆバター

にわとりのネックで作る！

鶏の首の部位“せせり”は弾力があってやわらかく美味！
もちろんもも肉で作ってもおいしくできます

材料(4人分)

鶏せせり……………………250g
じゃがいも……4個(400g)
片栗粉………………… 大さじ1
しめじ…….1パック(100g)
サラダ油…………… 大さじ1
塩、こしょう ……….各少し
A バター(または
　マーガリン)……10g
　めんつゆ(2倍濃縮)
　………………… 大さじ4
　砂糖…………… 小さじ1
粗びきこしょう(黒・あれば)、万能ねぎ(小口切り)
…………………………各適量

作り方

❶せせりは食べやすく切り、片栗粉をまぶす。じゃがいもは洗って水気がついたままラップに包み、電子レンジ(600W)で5分ほど加熱する。裏返してさらに2〜3分加熱し、皮をむいてひと口大に切る。しめじは石づきを除いてほぐす。

❷フライパンにサラダ油を中火で熱し、①のせせりを炒める。あいているところにじゃがいも、しめじを入れ、こんがり焼く(油がたりなくなればたす)。

❸火がとおったら塩、こしょうをふり、**A**を加えてからめる。器に盛り、こしょうをふって万能ねぎを散らす。

スターバックスとの勝負

スタバのチケットをもらった。税抜610円まで好きなドリンクが1杯注文できるというものらしい。私は『スターバックスで普通のコーヒーを頼む人を尊敬する件』というエッセイ本を出している。スタバまで来て普通のコーヒーを頼むなんてもったいない気がしてしまうという貧乏性の話だ。なのでこのチケットには興奮した。嬉しい。ありがたい。とっておきのときに使いたい。

…と、大事にし過ぎていたら半年以上もあった有効期限が明後日に迫るという事態に陥ってしまいあわててスタバだけを目的に電車に乗り、梅田まで繰り出した。

どうせならコーヒーとともに読書が楽しめる、蔦屋書店と併設しているスタバに行ってみようではないか。オシャレな雰囲気に気《け》おされて普段は入れなかったが、なんせ私にはチケットがある。これさえあればもう無敵だ。「このお店で一番高いドリンクをちょうだい」とさえ言える（逆にカッコ悪いわ。元取る気満々か）。

1人用の席にサッと荷物を置き、財布だけ持ってレジに並ぶ。ここは落ち着いて、慣れた態度で、あくまでも自然にできるだけ高いドリンクを頼もう。ただ、寒いからフラペチーノはパスだ。あまり甘いのも飲めない。甘過ぎず、フラペチーノ以外で値段が高いドリンク。そしてフードも頼みたい。サンドイッチ…エッグ＆ハムチーズサンド…家でも作れそうな具材であっても、ここに並んでいるとやたらおいしそうに見える。その石窯フィローネとかいうのもめちゃめちゃおいしそうだ。ラップサンド…スコーン…キッシュにパイにケーキ…。

列はグングン進み、前にはあと1人。待って、全然決められへん。「あったか〜い」か「つめた〜い」かさえ決められへん（自販機か）。「お先にどうぞ」と列の一番後ろに回り、頭をフル回転させた。が、店員さんの優秀なレジさばきにより瞬く間に自分の番が近づく。いや早い早い。まだ石窯しか決定してへんから（お先にどうぞ）。このドリップコーヒーが一番安い、いわゆる普通のコーヒーか。カフェラテ的なのがスターバックスラテか…。どうせなら普段飲まれへんのを頼みたいし、カフェモカ………は甘いか。カプチーノ…エスプレッソ…え、ほんまに決められへん、どうしよ（お先にどうぞ）。

結局レジ直前で4度も列の後ろに並び直してしまった。なにこの近づいたら離れてゆく人。怖過ぎるやろ。もはや店員さんのストーカーやん。

またも決められないまま自分の番になった。もう限界だ。次こそは注文しなければ完全に怖がらせてしまう。

「石窯フィローネと………スターバックスラテ下さい」

なんでやねん！　なんでこんだけ悩んでいつものコーヒー注文しとんねん！

あまりのもったいなさにめまいがし、あわてて「これ、豆乳に代えてもらえますか？」とあがいた。いやそれソイラテや。通ぶったけどソイラテや。最初からメニューにあるのにカスタムしたように言うた自分が恥ずかしい。もちろん最高においしかったが、完全にスタバに敗北した1日だった。

レンジで！
鶏とコーンのクリーム煮

ボウルの底に小麦粉のかたまりがへばりついたら、深追いせず上だけ盛ってください

材料（2人分）

鶏もも肉……………………1枚（300g）
コーン缶（ホール状）…………40g
塩、こしょう ……………… 各適量
玉ねぎ…………………… 1/4個（50g）
しめじ…………… 1/2パック（50g）
小麦粉………………………… 大さじ2
A 牛乳………………………… 200mℓ
　バター（またはマーガリン）…………………………………10g
　顆粒鶏ガラスープの素…………………… 大さじ1/2
ドライパセリ（あれば）…… 適量

作り方

❶鶏肉はひと口大に切り、塩、こしょう各少しをふる。玉ねぎは薄切り、しめじは石づきを除いてほぐす。コーンは缶汁をきる。
❷耐熱ボウルに①の鶏肉、玉ねぎ、しめじを入れて小麦粉をからめ、**A**を加えて混ぜる（バターはかたまりでOK）。ふんわりとラップをし、電子レンジ（600W）で10分ほど加熱し、底からゴムベラで返すようによく混ぜる。
❸②に①のコーンを加え、塩、こしょうで味をととのえる。器に盛り、パセリをふる。

伝わらないもどかしさ

小学生の長女が算数の宿題で悩んでいた。「教室に男女が10人います。7人が女の子です。男の子は何人でしょう」…いやなにがわからんねん。とか言ってしまいそうになるが、娘いわく、答えは3。ただ式の書き方がわからないらしい。

「なに算?」と聞くと「たし算」と即答。「式は?」「7＋3＝10」なるほどな。

「その3はどっから出てきたん?」「え? だって、7人と3人合わせたら10人やん」

そうやけど、なんて説明したらいいんやろ。

「10と7っていう数字を使って3を出すには?」ではなく、心から引き算と納得してほしい。

私が小学校高学年のとき「体積というのは、1㎝角の小さな立方体が何個詰まっているかということ。だから縦×横×高さで求められます」というめちゃくちゃわかりやすいイラストつきの説明に引っかかったのを思い出す。

「立方体がつまってないかもしれんやん」

中が空洞だったらどうすんねんと思ったのだ。いや空洞とか関係ない、何個入る大きさかって話やねんと言われても、なぜか納得できなかった。『おもひでぽろぽろ』のタエ子じゃないけど、分数の掛け算で分母と分子をひっくり返すのも、理由をきちんと理解して納得してからしか進めない。こういうタイプは一般的に天才肌っぽい雰囲気があるが、私の場合は単に理解力が乏しいだけのそれであった（学年が上がるにつれ、公式をただ暗記するしかなくなってから数学が一気に苦手になり、距離を置くようになった）。

そんな思い出はあるくせに、私は子どもに寄り添って勉強を教えるのが致命的に下手だ。わが子だからだろうが、どうしてもイライラしてしまう。なのでできる限り教えるのは避けていたが、今回こそは優しくゆっくり説明しようと試みる。

「絵に描いてみたらわかりやすいんちゃうかな。まず、教室に子どもが10人います」

チラシの裏に10個丸を描く。

「え？　丸⁉︎　どういう意味⁉︎」まさかこの時点でつまずかれるとはな。

「これ、人な」「なんで人が丸なん？」

いや数字さえわかればええねんから人間だろうが船だろうが簡易的に丸で表すほうが効率良いやないかーい！

とは言わないよう、手と脚をつけた棒人間を10人描き、四角で囲んだ。

「教室にいるのが10人。７人が女の子」…７人の頭に「女」と書く。「男の子は何人？」「３人」「正解。式は？」「７＋３＝10」「やんな」もうどうすればええねん。

「教室に10人いました。７人が女の子です。残りは何人ですか」「３人」「式は？」「10－７＝３」「そう！　それと同じってわかる⁉︎」「……」「同じやん！　７人が女の子、残りが男の子やろ？」「だって、〝残りは〟ってついてたら引き算って習ったもん。〝全部で〟って書いてあったら、たし算」…もう…

そんな覚え方してるからあかんねーん‼︎

あかん、またイライラしてしまった！

日々感情を抑える修業。先生って本当に尊敬します。

ツナピラフ

懐かしの給食ごはん

炊飯器で作れる簡単ピラフ。
給食だと、お米は炒めないそうなので具だけ炒めてます！

材料（2合分）

米……2合
ツナ缶（油漬け）……1缶（70g）
にんじん……1/3本
玉ねぎ……1/2個
バター（またはマーガリン）……10g
塩、こしょう……各少し
固形コンソメスープの素……2個
A しょうゆ……小さじ2
　塩、こしょう……各少し
パセリ（刻む・あれば）……適量

作り方

❶米は洗ってザルに上げる。炊飯器の内釜に入れ、2合の目盛りまで水（分量外）を注ぐ。にんじん、玉ねぎはみじん切りにする。ツナは缶汁を軽くきる。

❷フライパンにバターを中火で溶かし、①のにんじん、玉ねぎを炒める。塩、こしょうをし、玉ねぎが透きとおったら①の米に加える。①のツナをのせ、コンソメスープの素を砕き入れて普通に炊く。

❸②が炊き上がったらAを加え、全体をさっくりと混ぜる。器に盛り、パセリを散らす。

鶏肉のソテー
クリームソース

中途半端に余った生クリームで

ここだけ順番変わりますが、次の話のレシピです！
生クリームは多くても少なくてもおいしい◎

材料（4人分）

鶏もも肉……2枚
A 塩……小さじ1/2
　こしょう……少し
小麦粉（または片栗粉）……大さじ1
生クリーム（または植物性ホイップ）……余っている量
牛乳……適量
サラダ油……大さじ1
顆粒コンソメスープの素……小さじ1
塩、こしょう……各適量
ドライパセリ（あれば）、
粗びきこしょう（黒）……各少し

作り方

❶鶏肉はぶつ切りにし、Aをすり込んで10分おき、小麦粉をまぶす。生クリームは牛乳をたして200mℓにする。

❷フライパンにサラダ油を中火で熱し、①の鶏肉を皮目を下にして並べ入れる。こんがりとした焼き色がついたら上下を返して弱めの中火にし、中まで火をとおす。

❸余分な脂をふき取り、①の生クリームと牛乳、コンソメスープの素を加えて軽く煮つめ、塩、こしょうで味をととのえる。器に盛り、パセリ、こしょうをふる。

大さじ1杯の魔法

『このブログは、どこにでもある材料で、誰にでもできる料理を載せています。
◆大さじ1杯の生クリーム、卵黄5個分などの「残りどうすんねん」という使い方
◆ローリエ、バルサミコ酢、ワインビネガー、バーニングマンダラー、備中《びっちゅう》ぐわ、千歯こき…などオシャレな調味料や必殺技、農具は使いません。』

10年以上続けているブログに書いているコンセプトだ。だから大きな声では言えないが、実は大さじ1～2杯の生クリームで料理が格段においしくなることは結構多い。

たとえば秋の味覚、さつまいも、かぼちゃのお菓子やおかず。スイートポテトは牛乳とバターでも十分においしいが、生クリーム（植物性ホイップでも）をちょっと加えた瞬間、「家庭的なおいしいおやつ」から「上質なよそいきのお菓子…！」と突然ランクが上がる。さらにラム酒なんぞを数滴たらせば「ラム香る上質なよそいきのお菓子…‼」。

かぼちゃプリンやかぼちゃサラダも、卵液やマヨネーズにちょっと生クリームを混ぜ

るだけで、「デパ地下やん」というほどおいしい。ただチンしてつぶしたさつまいもやかぼちゃに、砂糖と生クリームを混ぜるだけのペーストは、このままビンづめで売ってそうな味になるし、塗って食べたらパンなんぼでもいける。

他にもオムレツやスクランブルエッグに少量加えればホテルの朝食に１６８歩近づくし、ナポリタンやたらこスパゲティの仕上げ、グラタン、コロッケのタネに加えればコクとまろやかさが段違い。

ハンバーグ、シチューにカレー、照り焼きチキンの仕上げにたらせば「お店やん」。お好み焼きにかけるマヨネーズも、ほんの少し生クリームを混ぜると、あのお好み焼き屋に置いてある妙においしいトロトロの白いマヨネーズになる。

先日、友達にカップケーキを持って行ったとき、「コレめっちゃおいしいねんけど‼本にレシピ載ってる?・?」とＬＩＮＥがきた。じつは普段牛乳を入れるところを生クリームに代えただけなのだ。

料理の腕や技でもなんでもない、誰でもできるワンランクアップのコツ。普段の食事には使わないが、人が来るとき、ここぞというときにのみ発動する約１６８円（植物性ホイップ）と約３５８円（純正生クリーム）の内緒のかくし味。

よかったら試してみてください。

風邪の日のあれこれ

季節の変わり目は体調を壊しやすい。この冬はわが家も下の子が溶連菌にかかれば上の子がインフルエンザとバタバタだった。汗をにじませ、ぐったりと目を閉じる様子は可哀想で胸が締め付けられる。代わってやりたい。元気になってさえくれたら…。と言いつつ、治りかけもまた別の大変さがある。遊びたい欲と走り回りたい欲に溢れた人間を狭い部屋にとじこめてYouTubeを垂れ流しつつ、数分おきに「ママ見て」「ママきて」と呼ばれ、頻繁に鼻水を拭いてやり、お絵描きにおままごとにレゴにと相手をしながら家事や仕事を進めるあの状態。

いや、もちろん元気になって良かった。何よりである。それ以上望むことはないねんけど、ほんまいい加減ちょっと寝てくれへん？

一番厄介なのは嘔吐《おうと》が関わる胃腸風邪だ（一応料理本でもあるので、直接的な表現は使わないよう、ここでは嘔吐のことを「レンゲを摘む」という表現に変更してお送りさせていただきます）。

レンゲの処理の正しい方法として、使い捨て手袋にマスクをし、レンゲにまみれた服やシーツなどは洗って漂白剤を薄めた水につけて消毒し、レンゲそのものは空中に菌が浮遊しないよう新聞紙なりなんなりをかぶせ、外から内に向かって集め、ビニール袋に二重に縛って捨て、その後も消毒…など書いてある。が、

もはや無理じゃない？

先日は寝ている最中にレンゲったのだが、髪の毛、顔、パジャマ、シャツ、枕カバー、枕本体、シーツ、その下のパッド、ベッドのマットレス、掛布団あたりが全部終わった。でも、それよりまずは本人をどうにかしないといけない。風呂場に連れていき、シャワーで流し、着替えさせ…その間にどんどん染み込んでいくレンゲたち。

夫と共にシーツやカバーを取り替え、防水シーツを敷いて枕にも二重にバスタオルを敷き、今の汚れたものをすべて洗って…とやっている間に

第二弾のレンゲ畑発生。

慌てて今着せた服を髪にレンゲがつかんようにそーっと脱がせて着替えさせ、顔を洗

ってうがいをさせ、バスタオルを取り替えて洗い…。第三弾、第四弾と1時間おきに繰り返したため洗面所がレンゲの花びらにまみれた洗濯物の山になり、消毒とか言ってる場合じゃなくなり途方に暮れる。もう…全部捨てていい？

一晩でパジャマを7回着替えさせ、家に何十枚もあったスーパーの袋も底を尽き、それでも広がる壮大なレンゲ畑。本人はしんどいし半分寝てるため、レンゲ畑に顔うずめて寝ようとしたりしてアッカ―――ン‼（手を頭の下に滑り込ませる）

あと私だけかもしれないが、子どもがレンゲを摘みかけた時、とっさに自分の両手で受けようとしてしまう。洗面器を用意してあるにもかかわらず手を差し出してしまい、「いや無理やろ」と片手だけ残して洗面器を掴《つか》み、レンゲが手から流れ落ちそうなところでギリギリ交代して事なきを得る（得れてない）。その後は「人殺したんか」ってぐらい手ぇ洗うけど、ノロウイルスなら一発アウトやわ。

また我が子は薬も大の苦手で、飲ませるのも毎度奮闘する。アイスやジュースに混ぜてもめざとく気がつくし、「おくすり飲めたね」（服薬用ゼリー）も薬を飲まされる時のアレだと余裕でバレているので飲んでくれない。

次女のインフルエンザのイナビルの吸引なんて地獄やったわ。ただ吸えばいいだけやのに、「苦くないで」「大丈夫大丈夫」とどれだけ言っても断固拒否。

「試しに1回だけ吸ってみ?」
「吸ったらすぐラクになるで」
「友達もみんな吸ってるよ」

ヤクの売人か。

どれだけ寄り添って優しくしても、ええ加減にしなさい！と怒っても、ほなもう注射する!?と脅しても無理。こっちもイライラするし向こうも泣くし、粘って粘ってまさかの1時間経過。うそやろ？吸うだけやで？

ひたすら恐怖心をなだめようと、音楽聴きながらノリノリで「せーの！」とか言うてみたり、YouTubeで「お薬のもう」みたいな動画見せて鼓舞してみたり、飴を舐《な》めて口内を甘くしてみたり、パピコで冷たくしてみたり…思いつく限りの策を決行。その都度「いけそう」「できそう」「やってみる」って言うくせに、呪われてんのかと思うほど口元までいったら頑なに拒否。吸え――――!!

と言いつつ、私も子どもの頃は苦手だった。近所のお医者さんは小児科ではなく昔ながらの町医者なので、小学生になったら甘い薬などもらえない。

苦い粉薬にグズる私に祖母が編み出したのが、粉薬と同量の砂糖を混ぜるという方法だった。平皿に粉薬と砂糖を入れ、自分の指を舐め、粉薬と砂糖を指にまぶしてまた舐める。それをお皿がからっぽになるまで繰り返すのだ。

いや粉と粉が混ざるか！という話で、実際、苦味と甘味がダイレクトに舌に伝わる。めちゃくちゃ苦いのにめちゃくちゃ甘い。つらい。甘味さえもつらい。ていうかこれ最高に効率悪くない？むしろ逐一味わってない？たまに祖母の指バージョンで飲まされていたのは記憶違いだと思いたい。シワシワの指を何度も舐めた感覚…きっと風邪で朦《もう》朧《ろう》としていたのだろう（余談だが、母が幼い頃は錠剤も飲みやすいよう祖母に粉々に砕いて飲まされており、いつも嘔吐していたらしい。無知の愛情は恐ろしい）。

大人の風邪もまたしんどい。手放しで寝ていられないし、年々治りが遅くなる。たいてい子どもが元気になったあたりで夫婦ともに倒れるパターンだ。

健康第一。風邪に気を付けてお過ごしください。

大根と豆腐のしょうがスープ

風邪の日でも！

じんわり優しい味わいで体もぽかぽか！
煮つまり過ぎてしょっぱくなったら水をたしてください

材料（4人分）

大根……6㎝（約250g）
豆腐（絹ごし）……1丁
卵……1個
A 水……700㎖
　みりん……大さじ2
　しょうゆ……大さじ1
　顆粒和風だしの素……小さじ2
　塩……小さじ1/2
　しょうが（チューブ）……2㎝
万能ねぎ（小口切り・好みで）……適量

作り方

❶大根は皮をむいて薄いいちょう切りにする。卵は溶きほぐす。
❷鍋にA、①の大根を入れて中火にかけ、やわらかくなるまで煮る。豆腐を加えてざっくりくずし、さらに1～2分煮る。
❸火を強めて①の溶き卵を細く回し入れ、卵が浮き上がってきたら火を止める。器に盛り、万能ねぎを散らす。

箱まみれの家

すっきり暮らそう。毎月『ＥＳＳＥ』を読むたびに思う。ときめかないものは捨てよう。調味料は化粧箱に立てて収納しよう。手紙やＤＭは箱にまとめて１週間以内に処理しよう。方法は知り過ぎているぐらい知っている。幾度となく実践しているのに、なぜうちではうまくいかないのだろう。

なかでも圧倒的にうまくいかないのが子どものオモチャだ。一応ダイソーで購入したフタつきボックスに「おままごと道具」「ブロック」「人形類」「その他」と分け、ラベルを貼っている。ところが、圧倒的にその他なのだ。その他ボックスが４つに膨れ上がり、それでも入りきらないその他が棚や床に鎮座している。

たとえばタンバリン。購入初日はシャンシャンパンパン叩《たた》いていたが、翌日には床に転がっていた。確かにタンバリンは、飽きる。10分叩き続けていたらちょっと心配になるレベルだ。このまま２〜３か月放置していればサヨナラできるのだが、もうええかな…と思ったくらいに突然叩き始めるから油断できない。

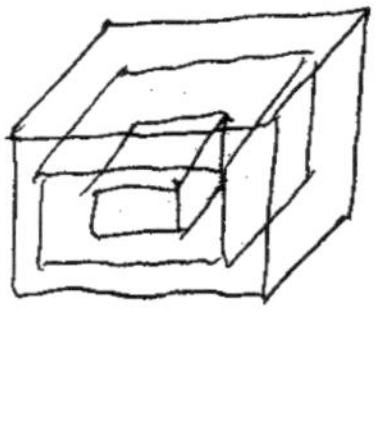

少しでもその他を整理しようと、「楽器」というボックスを新たに作り、そこに収めてみた。だが楽器は現在タンバリン、カスタネット、オモチャのピアノの3つしかないあげく、オモチャのピアノがでか過ぎてボックスに入らない。3個中1個が入らんとかもう意味なさ過ぎるやろ。

あとはガチャガチャで出た、半透明のぶにぶにの卵とか、謎のマスコットとかキーホルダー、けん玉とかがそれだ。万華鏡、ビー玉、ハッピーセットのオマケ、ファミレスでもらったネックレス、水時計、手のひらサイズの扇風機、お祭りで買った光るウンチがついた棒（これがしぶとくて、夏に買ったのにまだ電池きれへん）、キャラものの缶、ラムネが入ってたマイク、吹いたら伸びるやつ、回したら上だけ飛んでいくやつｅｔｃ．……いらんやろって言いたくなるけど、娘にしてみれば全部が宝物なんですよね。

その他以外でも、スタンプ類はまとめて1つのペンケース、ビー玉やおはじきはこの袋、アクセサリー類はこっちの箱、シール類はまとめてジップロックなど分類しているが、その小分類した袋、箱が大量生産され結局ゴチャつく。それらをスッキリさせようとでっかいボックスにまとめるも1つじゃ収まらんから、箱の中に箱が入った箱が何個も存在してて、もう、箱が過ぎるわ。

「1つ買ったら1つ捨てる」をルールにすれば物の量は一定に保てるはずなのに、それもうまくいかない。ガチャガチャの景品にしろ、100均のオモチャにしろ、「ほしい!」「そんなんいらんやん」「いるもん」「じゃあ大事にしいや」という攻防を経て購入しているため、お前が大事にせえ言うたんちゃうんかという矛盾もある。また、よく雑誌で見るように「どれとお別れする?」と子どもに捨てるものを選ばせると、親や友達にもらった高価な木のオモチャを「これ」と指したりして、「それはいるやろ」とあわてて止めてしまうなど、私の決意がブレブレ。

そんなこんなで日々オモチャ&箱が増える一方だ。今年こそは…!!と、また『ESSE』を開いて決意するのである。

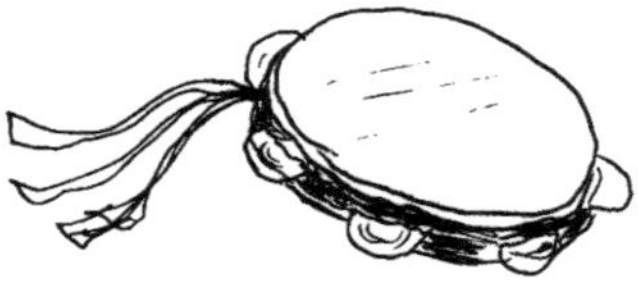

クリーミーツナ
レモンスパゲティ

"箱"で作れる簡単パスタ!

少しの牛乳とバターでコクをプラス
仕上げにちょっとだししょうゆや、めんつゆをかけるのもオススメです

材料(1人分)

スパゲティ(5～7分ゆでのもの)‥100g
ツナ缶(油漬け)……………… 1/2缶(35g)

A
- 水……………………………………220mℓ
- 牛乳…………………………… 大さじ2
- 顆粒コンソメスープの素 ……………………………… 小さじ1

B
- バター(またはマーガリン) ……5g(量らなくても適当でOK)
- レモン汁 ……………………… 小さじ2
- 砂糖、塩 ……………………………各少し

粉チーズ、ドライパセリ(あれば) ………………………………………………各適量

作り方

❶耐熱容器にスパゲティを半分に折って入れ、缶汁を軽くきったツナとAを加える。ふんわりとラップをし、電子レンジ(600W)でスパゲティの表示ゆで時間より3分ほど長く加熱する。

❷Bを混ぜて器に盛り、粉チーズをふり、パセリを散らす。

❶

❷

少数派？ 多数派？

先日、といってもまだコロナウイルスが顔を出し始めたくらいの頃だが、家族で万博記念公園に行った。幼稚園や小学校の遠足、友達とのピクニック、中学時代はフリーマーケットと、何度も足を運んできたこの公園だが、そういえば結婚してから家族で来たのは初めてだ。

せっかくなので太陽の塔の前で写真でも撮ろうかとなり、夫に「いつぶり？」と聞くと、「初めて来たわ」と言ったから心のイスから転げ落ちそうになった。いやいや、夫も大阪育ちなのに、約40年、1回も来たことがないとかある？

「ほんまに!?」「うん」「1回も!?」「うん」「遠足とかあるやん！」「来てない」「フリマとかイベントとかは!?」「来てない」「デートは？」「わざわざここまで来んやろ」

勝手に大阪の人間は万博公園が身近…ではなくとも一度くらいは来たことがあると思っていた。単にそれは自分が吹田市出身だからなだけだったのかもしれない。

このように、自分にとっては当然みんなが経験しているだろうと思うことが、案外そうじゃなく驚いたり、驚かれたりすることはしばしばある。

友達のしーちゃんが、まさにM-1グランプリのかまいたちのネタと同じで「『となりのトトロ』一回も観たことない」と言ったときは、その場のみんなで驚愕《きょうがく》した。「逆になんでみんな観てるん」と言われたが、どっかで観るやろ。TSUTAYAで借りはせんでも、『金曜ロードショー』なり、友達の家なり、遠足のバスなり授業で先生が休んだ時なり、なにかしらどこかで観る機会あったやろ。1986年生まれがどうやったらトトロを避けて通れんねん。これでいくと夫が先日「『ホームアローン』初めて観るわ」って言ったのもびっくりしたけどな。普段ほぼ無反応で映画観んのに、泥棒がやられるところで声だして笑ってたのにもびっくりしたわ。あれ大人になって観たらケビンの仕打ちが記憶の100倍酷くて同情してしまわん？（トムとジェリー然り。ジェリーやり過ぎや）

トトロに関しては圧倒的に観ている人が多数派だと思うが、私がときどき驚かれるのは占いだ。人生で一度も占いに行ったことがない、と言うと占い好きの子にはまさに私の万博公園のような反応をされるが、全然機会がなかったし、とくに行きたいと思ったこともなかった。あとはサムギョプサル。姉に「食べたことない」と言ったら「ええー!! そんな人おる!?」とびっくりされたが、なんぼでもおるやろ。食べる機会ある？

姉「めっちゃある」

めっちゃあるのは逆にまれじゃない？　確かに30代の女性は食べたことある人のほうが多いとは思うけど、みんなそんな頻繁にサムギョプサる？（何その動詞）

また私は、友達がみんなよく見るという「気づけば自分だけが裸もしくはパンツをはいてなくて焦る夢」と「歯がどんどん抜けていく夢」を見たことがない。友達数名に「うそやろー！」と驚かれたが、これに関してはどちらが多数派かいまだに謎である。

その夢見ます？

コチュジャン不要！
サムギョプサル風

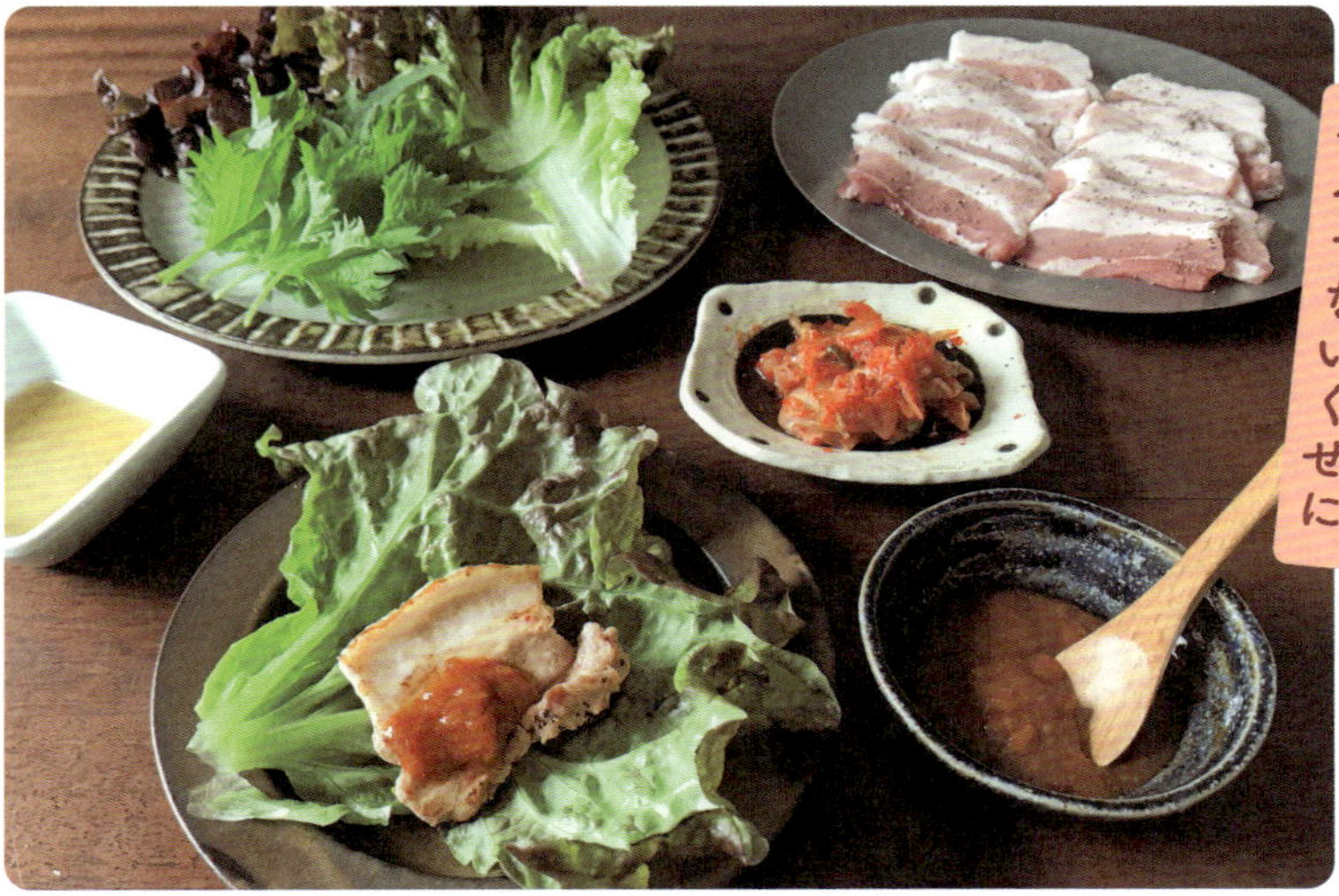

ホットプレートで肉を焼きながら食べても！
たれは、ゆでたりチンした鶏肉や生野菜にも合います

材料（4人分）

豚バラかたまり肉……………………500g
塩、粗びきこしょう（黒）……各少し

A
- 砂糖、ゴマ油 ……各大さじ1/2
- みそ …………………………大さじ1
- しょうゆ ………………小さじ1/2
- 豆板醤 …………………小さじ1/2
- にんにく（チューブ）………… 1cm

B
- ゴマ油………………………大さじ2
- 塩 ……………………………………少し

白菜キムチ、サニーレタス（またはサンチュ）、青じそ ……………………………………各適量

作り方

❶豚肉は5㎜厚さに切り、塩、こしょうをふる。A、Bはそれぞれ合わせておく。

❷フライパンは油をひかず中火で熱し、①の豚肉を入れて両面こんがりと焼く。

❸器に②、キムチ、サニーレタス、青じそをそれぞれ盛り、A、Bの2種のたれを添える。サニーレタスに好みの具をのせてたれをかけ、包んでいただく。

自分のなかだけの戦い

人生で初めて天ぷら粉を使った。

わが家では天ぷらは定番メニューで、「苦手な野菜は天ぷらから」を合い言葉に娘に食べさせているが（衣がついていて、めんつゆに浸して食べるのがそそるらしい）、ずっと小麦粉で作っていた。小麦粉と水をベースに、酢やサラダ油、酒を混ぜたり、炭酸水やマヨネーズ、ベーキングパウダーを混ぜたりと、あらゆる手段でサクサクに仕上がるよう工夫する。面倒くさがりで不器用なくせに、天ぷら粉にだけは手を出すまい、これを使ったら負けだと思っていたのだ。この粉に手を染めたら私はもう…（覚せい剤か）。

今回使ってみようと思ったのは、夏野菜が家に大量にあり、近々天ぷらにしようと思ってスーパーに行ったタイミングで、１袋１００円で売っていたからだ。「え、安！」と思い、カゴに入れた。小麦粉より安いやん。

撮影で揚げ油が大量に余った日にさっそく天ぷら粉を水で溶き、薄切りのかぼちゃをくぐらせて入れてみた。

シュワシュワ…

かぼちゃは静かに沈み、すぐにポッカリ浮かび…なんということでしょう。お店やん！と思うような、サックサクの衣をまとっているではありませんか。なにこれすごい!! 適当に粉溶いただけやねんけど！

1人で興奮し、ナス、にんじん、中途半端に余っていた豚バラも適当に畳んで次々にくぐらせ油の海へ。温度も適当、混ぜ方も適当なのに驚くほどきれいに揚がる。今までの苦労はなんだったのか、普段ならデロリンのアスパラもサクサクピーンである。

家族にも大好評。油もほとんど汚れなかったため、翌日もうれしがって天ぷらを揚げた。（おかんがやりがちなミス…喜ばれると調子に乗って連続で作り、飽きられる）

私は今までなにと戦っていたのだろう。何を使ったかなど家族はまったく興味がないし、「これ天ぷら粉使ってへんねんで」と得意気に言えることと、おいしい天ぷらが食べられること、どちらに価値があるかは考えるまでもない。

天ぷらは小さなことだが、無意識のうちにこの手の戦いをしていることは多い気がする。疲れていても離乳食を手づくりすることだったり（私は和光堂さまさまやけど。私の手づくりより衛生面その他で安心感を抱いてる）、お弁当に冷凍食品を使わないことだったり、夕ご飯にたくさん品数を並べること、便利な調理家電を使わないこと。

そのほうがおいしい、体にいい、経済的だという理由だけではなく、自分で自分を認めるためにがんばっている部分もあるのではないか。

料理に限らず、子育てとなると突然ルールに縛られたり、ラクをすることや諦めることに罪悪感を持つ人が多いと思う。真面目な人や頑張り屋さんな人ほど特に。

それがプラスに働いていたり、無理なく続けられていたら何の問題もないし、自信をもって続けていいと思う。

でも、もしもちょっと疲れていたら。

そのこだわりを少しだけ手放してみたら、拍子抜けするほどラクになるかもしれない。自分さえ自分を許せば、世界は意外と温かく受け入れてくれるのだ。

肉巻きアボカドとアスパラの天ぷら

天ぷら粉を使えば
少し手の込んだ巻きものも簡単！

初めて天ぷら粉を使ったら「今までなんやったん」と思うほどサクサクに。マヨネーズ+しょうゆをつけてもおいしい！

材料（4人分）

豚バラ薄切り肉……400g
アボカド……2個
グリーンアスパラ……大8本
塩、こしょう……各少し
天ぷら粉……適量
A 水……120〜150mℓ
　天ぷら粉……80g
揚げ油……適量
塩、めんつゆ……各適量

作り方

❶アボカドは皮と種を除いて縦1cm幅に切る。アスパラは下1/3程度のかたい皮をむき、根元を切り落とす。ともに豚肉で巻き、塩、こしょうをふって天ぷら粉を薄くまぶす。**A**は混ぜ合わせておく。

❷揚げ油を170℃に熱し、①の肉巻きを**A**にくぐらせて入れ、両面カラッとするまで揚げ、油をきる。器に盛り、塩、めんつゆを添えていただく。

ヘアアレンジの苦悩

不器用ゆえ、ヘアアレンジが大の苦手だ。雑誌やネットの紹介どおりにできたためしがない。

「まず髪全体をゆるめにコテで巻いておきます」

その時点で無理である。「まず巻いておきます」ちゃうわ。巻くとかスーパー重労働、料理で言うと「まず揚げておきます」言うてるようなもんやからな。

あとこの、ゆるく全体を巻くみたいな、なんとなくのニュアンスで言わないでほしい。ここところを、この持ち方で、この角度でコテを差し込み、こっち向きに手首を回転させて10秒固定せよとぐらい書いてくれないともう全然わからない（といってそんなふうに書いてあったら「細か過ぎて難しいわ」と文句を言う未来も見えているから外側の人間ってほんま勝手やんな）。だいたい後頭部なんて自分で見えへんのに、どうやってその状態に持っていったらええねん。こちとらブラジャーのホックすら前に回さないと留められへんねんで。

そして私がコテを駆使すると、大半の確率でオバサンになるのがとても切ない。がんばって髪をブロック分けして内巻き、外巻きと言われたとおりにしてもでき上がったらアントステラ。クッキー焼きましょかという風貌だ。美容院でもコテの簡単な使いかた、家でもできるスタイリングを教えてもらって帰るのだが、最初は「毛先だけ内側にちょっと巻くだけです！　簡単なんで！」とか言うてくれるけど、その後どんどん美容師の熟練の技みたいなん入ってくるからな。いやいや今無言でめっちゃ技追加してますやん！　って思いながら眺めてるわ。

いつも憧れるのが「超簡単！　朝５分でできる！」みたいな、無造作なゆるふわ結びだ。わかります？　あの、１つ結びをクシャッとした低い位置のお団子。なんとなくこう、オシャレに見える、クシャッふわっとなってるやつ。

あれを私がやると、ただのボサボサで疲れ果てた『母さんいいからお前お食べヘア』になってしまう。だいたい「ねじってピンで固定」とか「毛先を巻きつけて固定」というのができない。あんなほっそいピンで固定される気がせーへん。髪質のせいか、すぐにブリーン髪がはみでてピンだけが頭に刺さってる状態になるし、それを補うあまりピンまみれにしたらガチガチのひっつめになる。

そんな自分でも唯一、ここ数年で定番となった「くるりんぱ」という髪型だけは、構成上の理解はできた。結んで、結び位置を下げ、下からくるんと差し込むというあれだ。ただ、なんかうまくいかない。あの細くてすぐ切れるゴムに固い髪がおさまらないし、差し込む途中にボロボロ落ちていくし、ゆるふわクシャというより、ただのボサクシャチリ毛でしかない。いや、このボサクシャチリ毛でもモデルさんがやればオシャレなのだろう。結局、無造作ヘアがオシャレに見えるか否かは、メイクと顔の整い具合にかかっているのだ。メイクに限らず、同じ服でも私が着るのと田中美保が着るのとではゼロ1個違う値段に見える。2000円の服も叶姉妹が着ていたら高級品に見えるだろう。

この世の真理は残念ながら理解してしまっているが、こんな自分でもオシャレに見える無造作ヘアをいまだ模索し続けている。

山本おばさんの
チョコナッツクッキー

フライパンでサクサク！

オーブンいらずの卵不使用クッキー。
焼きたてはやわらかいけど、冷めるとサクサクに！

材料（10枚分）

バター（またはマーガリン・無塩でも有塩でもOK）……50g
板チョコレート、クルミ……各適量
A
- 薄力粉……1カップ（約110g）
- 砂糖……大さじ3（30g）

粉砂糖（あれば）……適量

作り方

❶バターは室温に戻す。チョコレートは手で割る。クルミは砕く。

❷ボウルにAを入れて混ぜる。①のやわらかくしたバターを加え、指先でバターのかたまりをつぶし、全体がそぼろ状になるまでなじませる。水大さじ1（分量外）を加えて軽く練り、①のチョコレートとクルミを加えて混ぜる。

❸②を10等分して薄い円状にし（薄いほうがサックリ仕上がる）、フライパンに並べ入れる。弱火にかけて表裏をだいたい5分ずつ、こんがりするまで焼いて取り出す。粗熱がとれたら粉砂糖をふる。

アロマへの期待

香りのオシャレを楽しんだことがない。香水とかアロマとかフレグランスとか、そういう類《たぐ》いのものが全然わからないし、歌詞によくあるような「あなたの香りと同じ香水を探したの」みたいな経験もしたことがない（何その歌。誰がいつリリースしたん）。柑橘《かんきつ》系とかシャボンの匂いとかならまだわかるが、フローラルとかムスクとか言われても、どんな香りなのか全然ピンとこない。ムスクのイメージって、なんやろ、なんかこう…なんやろ。なんかこう、なんやろな…なんかこう、なんやろ。なんかこうホラ…なんやろ。ゴメンほんまになんにも出てこんかったわ。

人生で買った香水は1つだけだ。高校時代に友達に教えてもらった、瓶の下のほうが青でどんどんピンクになっていくやつ。わかります？　フタが青でシュッとしたハート形みたいなビンの、ドン・キホーテでよく見るやつ。ちょっと酸っぱい香りが好きで、あれを手首にシュッ！とやって、首の後ろにつけると教えてもらって数回楽しんだが、15年近く経った今でもたっぷり残っている。今改めて取り出してみたらまだピンクの上

のほうまであるわ。このペースでいけば150歳ぐらいで使い切れると思う。

アロマに関しては数年前まで、なにものかわかっていなかった。液体か気体か、むしろ物体があるのか、概念なのかすらわからなかった。今でも正直よくわかっていないが、液体であること、リラックスしたいときに使うものというのは理解した。

というのが、いつも行く美容院がシャンプーのときに顔にかける布にアロマエッセンスを垂らしてくれるのだ。「どれにしましょう。ラベンダー、ローズ、カモミール……」と続き、最後に「ゆず」でしめるのだが、覚えられず「ゆず」しか頼んだことがない。美容師さんいわく、人気はラベンダーかゆずらしい（最初と最後に言ってるからやろ）。

ときどき紙を見せて選ばせてくれることもあるのだが、香りの種類とともに「睡眠不足解消」「疲労回復」「リラックス効果」「元気になる」「イライラ・ストレス解消」などそれぞれの効能が書いてあり、初めて見たときはびっくりした。ほんまかいなと。このシャンプーの間のほんの数分香りかいだだけで疲労回復するなら医者いらずやないか。もちろんそんな点滴ぐらいの疲労回復効果はないと思うが（あったら逆に怖いわ）、とりあえず私は洗髪されている間、布で顔が隠れているのをいいことにクンクンクンクンクンクンクンクンクンクンクンクンクンクンと、もう布ごと吸い尽くす勢いで香りをかいでいる。疑ってるくせに卑しいことこのうえないやろ。

実際に効果を肌で感じたことはないが、確かにいいにおいをかぐと全身がファーッといい気分になる。プラシーボ効果的なものだと思っていたら、どうやら科学的根拠があるらしい。軽く説明すると、大脳辺縁系がアレしてアレするとか、しないとか。詳しくは「アロマ　なぜ　きく　私　知りたい」あたりで検索してほしいが、数年前から棚に眠っている「細い棒が数本ビンに刺さってるやつ」をちょっと取り出してみようと思う。

正直に言うと、これがアロマ関係のものやったことすら知らなかったんですよね。

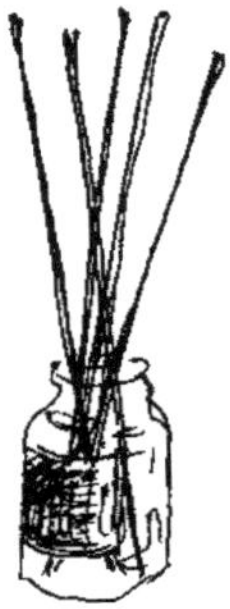

ガーリックレモンチキン

個人的に元気になる香りはこっち

甘辛い照り焼き味にレモン汁で奥行きをプラス。
鶏肉に下味をもみ込んだら、数分おくとよりおいしくなります！

材料（4人分）

鶏もも肉……………2枚（600g）
にんにく………………………2かけ
A　酒…………………… 大さじ2
　塩…………………… 小さじ1/2
　こしょう ………………… 少し
片栗粉……………………… 適量
サラダ油 ……………… 大さじ1
B　砂糖、レモン汁
　……………………… 各大さじ1
　しょうゆ、みりん
　……………………… 各大さじ3
粗びきこしょう（黒・好みで）、
　ドライパセリ………… 各適量

作り方

❶鶏肉はひと口大に切り、フォークで全体に穴をあける。**A**をもみ込んで片栗粉を薄くまぶす。にんにくは薄切りにする。
❷フライパンにサラダ油と①のにんにくを入れて弱火にかけ、にんにくが色づいたら取り出す。続いて鶏肉を皮目を下にして並べ入れ、弱めの中火で焼く。こんがりとした焼き色がついたら上下を返し、中まで火をとおす。余分な脂をふき取り、**B**を加えてからめる。
❸器に②の鶏肉を盛ってにんにくを散らし、こしょう、パセリをふる。

どうしても覚えられない

記憶力が急激に衰えている。

「あの芸能人のホラ…あの人やん」「あのドラマ…アレやんアレ」

めちゃくちゃメジャーな人やモノの名前すら出てこない。酷い時には「ドラマ」という忘れようもない単語すらスッと出てこず「アレのアレ知ってる?」と、サトラレぐらいしか答えようがない問いかけをしてしまう。あまりに出てこなくなったから怖くなり、病気を疑い、数年前に脳ドックまで受けてしまった(まったく異常がなく、単なる老化でしかなかった)。

先日9歳の長女と神経衰弱をした時も愕然とした。トランプを裏返した瞬間に記憶が消えるのだ。え、うそやろ?…今見た数字が、トランプの裏返りとともにサーン!と脳内からすがすがしく消えていき、ちょっと笑けてくる。忘れぬよう「8と6!」と口

に出して指差し確認をしても、裏返したらどっちが8でどっちが6やったかどころか、どのカードを裏返したかすら忘れ、「何回めくんねん！　スペードの10、何回めくんねん！」という事態。娘は負けずぎらいなので機嫌を損ねぬよう、数年前まではわざと手を抜いて負けていたのに、もはや本気で立ち向かっても勝てなくなってしまった。

そして最近、なんと4歳の次女にも負けたのである。これまでは「どこやったかな～」とかしらばっくれて圧倒的に手加減していたが、今回「ママ本気でやるけど、負けても泣かんといてや」とまで大人げなく言ったのに、普通に負けた。

別に脳みそを使ってないわけじゃない。ブログを書いたり、レシピを考えたり、今みたいに文章を書いたりしているのに、こんなにも衰えるものなのか。保育園のお母さんの名前も全然覚えられないし（かれこれ3年も同じクラス、向こうは『ゆりちゃん』て呼んでくれてるお母さんとか今さら絶対に聞かれへん）子どもの名前も全然わからない。このままなにも覚えられなくなり、今の知識もどんどん消えていくのだろうか。

ただ、老化は悪いことばかりでもない。まず細かいことが気にならなくなった。モノマネ番組を観ていても、昔は「歌いだしが若干違う」とか「高音の裏返り方が…」などいちいち気になったが、今は「そっくり～！」と感動しかない。一度読んだ本も、映画も、内容を忘れて新鮮な気持ちで楽しめる。

昨日、幼なじみのはまざきまいと、昔よく借りたビデオの話になった。

「めっちゃでっかい犬の映画よく借りてたわ～」「観てた！ セントバーナードのやつ」「2もあったよな」「お父さんが潔癖症で」…細かい内容は出てくるのに肝心のタイトルが全然出てこない。まいが

「バッハ!!」

と叫んだ。「それー!!」と応じて2人ともわかった気になってたけど、あとあと調べたらベートーベンやったからな。

イーストエンド×《プラス》ユリの代表曲「DA・YO・NE（だよね）」を「DE・SU・YO（ですよ）」と間違えた時もめちゃくちゃ笑ったが、子どもの言い間違いじゃなく、ババアの勘違いという新たな笑いのジャンルもこれからどんどん増えていくのだろう。

笑いですむうちに、脳トレを始めたほうがいいかもしれない。

ブロッコリーと
サバ缶のパスタ

脳によさげなレシピ

頭がよくなるレシピ（ならんわ）。
ブロッコリーのグルタミン酸、サバのうま味で想像の5倍おいしい

材料（1人分）

スパゲティ（5〜7分ゆでのもの）
……100g
ブロッコリー……1/4個（50g）
サバ缶（しょうゆ煮）
……1/2缶（約100g）

A
- 顆粒コンソメスープの素……小さじ1
- オリーブオイル……小さじ2
- にんにく（チューブ）……1cm

塩、こしょう、粗びきこしょう（黒・好みで）……各少し

作り方

❶ブロッコリーは小房に分ける。サバは身と缶汁を分け、缶汁は水（分量外）を加えて250mℓにする。

❷耐熱容器にスパゲティを半分に折って入れ、①のブロッコリー、サバの缶汁、Aを加える。ラップをせずに電子レンジ（600W）でスパゲティの表示ゆで時間より3分長く加熱する。

❸②に①のサバの身を加えて混ぜ、塩、こしょうで味をととのえる。器に盛り、粗びきこしょうをふる。

母乳とミルクの攻防

8月に3人目となる長男を出産した。4年半ぶりの乳児に家族じゅうがメロメロである。1人目と違い心に余裕があるため、どれだけ泣いてもただただかわいい。彼にとっては全身全霊の泣き声でピンチを伝えているのに、笑顔で流してしまって申し訳なかったりもする。

ただ、不器用なのでオムツ替えも沐浴《もくよく》も「初産か」と突っ込まれそうなほどワタワタだ。授乳に関してはいまだにうまくいかない。忘れてしまってるとかではなく、そもそも上2人も、うまくいかないまま試行錯誤し、気が付けば相手が成長してその時期を過ぎていたパターンだった。

子どもをもつ前は、母親の腕で安心しきった赤ん坊と目線を合わせ、聖母のようにほほ笑み授乳している姿を想像していたのに、現実は腕の中で暴れ、誤って自らの手を口に入れてギャン泣きの赤子に「ちゃうちゃう！こっちや！」とわが乳を押し込もうと必死。己の手と他人の乳首間違えるって生き物として未完成過ぎるやろ。

また貧乳なため授乳クッションに赤子をのせても口元まで届かず、徐々に徐々に前かがみになり、最終的には「く」の字で与える始末。こんな〝釜爺〟みたいな授乳してる人見たことないねんけど。

長女は半年、次女は3か月検診で、先生に優しく「もういいですよ、お母さん。（母乳が出てません）」と言われ、混合から完全ミルクになった。今回も出なければミルクでいいやと気楽に考えてはいるが、出るもんなら出したい。

いろいろ試してはいるのだ。ご飯をしっかり食べるとか、水は1日2リットル以上飲むとか。夜間の頻回授乳、背中を温める、マッサージ…母乳が増えるらしいハーブティーも購入し、毎日飲んだ。だが、全然増えている気配がない。飲み損だ。なにこのハーブティー。高かったのに全然やないか。レビューに書き込んだんねん。カタカタ…『母乳は増えませんでしたが配送が早く、また香りがよかったので星5つです。★★★★★』。

私の母も出なかったので体質なのかもしれない。一応まだ母乳とミルクの混合だが、おっぱいは最初こそ吸うものの「こっちか…」と不満げな表情。しばらくすると首をふって嫌がり、全身反る反る。このピーンと反った赤子の状態、次女の時に友達に「ギターやん」と言われて以来、「それでは聞いてください…」と遊んでいるのだが、徐々にギター化するまでの時間が短くなっているのを感じる。ミルクに切り替えると「これこれ！」とばかりに目を見開いて全力吸引。最近はもう、母乳は前菜程度に思っている。ちょっとしたおやつ、「小腹満たす?」とバウムクーヘン感覚で吸わせてるわ。

この余裕も3人目だからだろう。泣いても膝に座らせてモリモリご飯を食べ、片手に抱えたままお菓子を頬ばり、寝ている隙にコーヒーを1杯。一向にやせない。言うてるうちに一瞬で乳児期は終わってしまい、この攻防も懐かしく感じるのだろう。

最後に、子育てがしんどいなと思った時の小さいライフハックを。

ネットで「子育て　戻りたい」「子育て　戻れるなら」「新生児　戻りたい」など検索すると、もう先に行ってしまった先輩がたから、昔を懐かしみ、羨ましく思う言葉が次々出てきて、今の時間が大切に、子どもがより愛しく思えます。ちょっとだけ心が軽くなるんで、良かったら試してみてください（そんなんいうても今がしんどいねん!!今をどうにかしてほしい！て方もいると思います。限界が来る前に、絶対に無理せず頼れる人に頼ってくださいね）。

さつまいもバターもち

素朴やけど大好きなおやつ。
好みで砂糖を半量にし、はちみつやメープルシロップをかけても

材料(12個分)

さつまいも……………1本(300g)

A
- バター(またはマーガリン)……………10g
- 片栗粉……………大さじ3
- 砂糖……………大さじ2

サラダ油……………大さじ2

バター……………10g

作り方

❶さつまいもは皮をむいて1㎝厚さの半月切りにし、水に5分さらして水気をきる。

❷耐熱容器に①を入れて水をひたひたに注ぎ、ふんわりとラップをして電子レンジ(600W)で7分ほど加熱する。やわらかくなったら水気をきり、つぶして**A**を加え混ぜる。12等分して8㎜厚さの円形にまとめる。

❸フライパンにサラダ油を弱めの中火で熱し、②を並べ入れて焼く。こんがりと焼き色がついたら上下を返し、裏面も同様に焼く。器に盛り、バターをからめる。

このへんで休憩挟みましょうか

買い物は計画的に

近所に安い個人スーパーがある。情報通の友だちによると、元は青果店だとか、青果店と裏でつながってるとか、なんかようわからんけど青果店らしく、とにかく魚と肉が安いのだ（青果ちゃうんかい）。いや青果ももちろん安い。サンチュとサラダ菜にいたっては1袋10円で売ってるときさえあった。

農家との契約になにが起こったのだろうか。意味不明なほど豊作だったのか、サンチ

ュとサラダ菜の知名度を上げにかかっているのか、誤発注なのか。初めてその値段を見たときは、サンチュなんて買ったこともないのにあわてて2パックカゴに入れた。今夜はサムギョプサルよ（したことないくせに）。

見渡すとほとんどの人がサンチュをカゴに入れている。こんなに安くて個数制限もないのに大量に買わず、遠慮がちに2〜3パックだけ入れてるところに私と同じサンチュデビュー臭を感じる。そして翌日、サンチュは20円で売られていた。

絶対に昨日の残りである。昨日10円で思ったより売れたのか、昨日より鮮度が落ちて値段が倍になるというわけわからん事態になっている。それでも20円。この先さらに上がっていくかもしれんと思うと、昨日のサンチュまだ冷蔵庫にあんのに追加で2パック購入したわ。その後、ついに38円の値札を見ても若干高く感じてきたから人間って恐ろしいですね。ミスドの100円セールみたいな、GAPの服みたいな感覚に陥ってる（セールが得というより定価で買ったら損ぐらいの）。

こういった謎の価格設定がこのスーパーではよくある。たとえば小松菜が1袋88円、3袋で100円。レタス1玉98円、3玉で100円。計算がおかしい。1玉だけでは買わせまいという強い意思を感じる。そんなわけで、このお店に来ると予定外のものまで絶対買ってしまうため、冷蔵庫がパンパンになる。

今日は「キャベツとにんじん、豚バラ、ウインナーしか買わんぞ」と誓って店に行き、店先の棚は目を薄めてスルーしたものの、入ってすぐの「シャインマスカット380円」をさっそくカゴに入れていた。え、ほんまにシャインか？

さらに新鮮なトマトがカゴに6個も入って250円！　じゃがいも1袋100円！　牛乳が1リットル50円!?　今家に牛乳残ってるから迷う…よし、明日はシチューや。鯛の切り身とトラウトサーモンが特大2切れ380円に、しらす1パック100円！　もうカゴパンパン腕パンパン。そしてお総菜コーナーでトンカツが半額になっており、朝から肉じゃがを炊いてきたにもかかわらず買ってしまった。脳内で肉じゃがを明日に回し（シチューは）、トンカツメインで献立を組み直す。すると、お寿司コーナーが全品半額という事件発生。あわててサーモンといくらの巻き寿司を2パックもカゴに入れる。もうグダグダや。トンカツ戻せよと思うけど、半額で買えるなら食べたいやん。とりあえずトンカツとお寿司を家族で少しずつ分ける？　にしては足りへんか。でもここに肉じゃがを足すのはメインばっかりでもったいないしな…。

何年主婦を続けても計画的な買い物ができない。このスーパーは特にそう。ちなみにシャインマスカットは4割弱の確率で種が入っていたが、それもまたご愛敬である。

鮭とじゃがいものホットサラダ

安かったものを集めて

長いもやさつまいもを合わせてもおいしい！
ソースはあえずに上にかけると、おしゃれに見えます

材料（4人分）

生鮭……4切れ
じゃがいも……4個（約320g）
塩、こしょう……各適量
片栗粉……適量
しめじ……1パック
サラダ油……適量
サラダ菜（あれば）……適量
A
マヨネーズ……大さじ3
牛乳……大さじ2
砂糖、しょうゆ……各小さじ1
にんにく（チューブ）…1cm

作り方

❶鮭は骨を除いてひと口大のそぎ切りにし、塩、こしょう各少しをふって片栗粉を薄くまぶす。じゃがいもは洗って水気がついたままラップに包み、電子レンジ（600W）で5分ほど加熱する。裏返してさらに1～2分加熱し、皮をむいてひと口大に切る。しめじは石づきを除いてほぐす。

❷フライパンにサラダ油を中火で熱し、①のじゃがいもを入れて両面こんがりと焼き、取り出して塩少しをふる。続いて①の鮭を入れて両面こんがりと焼き、あいているところで①のしめじを炒め、塩少しをふる。

❸器にサラダ菜を敷いて②を盛り、合わせた**A**をかける。

ひたひたまで注いで
コトコト煮詰めた話

捨てられないもの

もたない暮らしに憧れる。見渡す限りスッキリ、なにも探さない生活。人生のどれだけの時間、モノを探しているのだろう。断捨離や片づけの特集を見ては「1日1個なんか捨てよ」「ときめかないもの全部捨てたろ」と思う。10年以上思っているし、何度も挑戦しているが、どうしてもつまずいてしまう。実際ほんまにときめかないもの全部捨てたら秋はほぼ全裸で過ごすことになりますし。

まさに一番アカンといわれている、もったいない&いつか使うかものオンパレード。むしろ置いてるほうが場所代としてもったいないってやつ。この家に越して9年、一度も使ったことない、なにが入ってるかすら知らなかった段ボールさえ、中を確認し「こんなでっかい布あったんや！家具とか家に運んで床が汚れるときに敷けるかも」とか（そんな機会今までに一度でもあったんか）「この箱と、中のワシャワシャ、誰かになにか割れ物をプレゼントするときに使えそう」とか（いや誰かにプレゼントするとしたら購入時にラッピングもしてもらうねんからコイツに出番は絶対ないやろ）。

数年袖を通してない、タンスの肥やしにすらならない服も「また流行りがきたら」「娘にあげられるかも」…いや流行りがきても絶対微妙に型が違うし、中途半端に似たようなのもってるせいで新しい服買うのに躊躇《ちゅうちょ》するしで害でしかないわ。そして子どもは大概、親からもらう服は嫌がるからな!

頭ではわかっているのに、まだきれいな品質を保っているものをゴミにすることがどうしてもできない。血まなこで汚れを探し、シミや毛玉を見つけたらガッツポーズでゴミ袋に放り込む。ほな最初から捨てろや! て思うんですけど、MOTTAINAI精神の弊害。ゴミじゃないものをゴミにする、それがなかなかできないんですよね。

さらに捨てられないのが本。「2年読んでいない本はこの先も読まないから処分せよ」みたいなアドバイスをよく見るが、それでいくと本棚ごと捨てられるぐらい、ほとんど読んでいない。でも、服などと違って5年10年読まなくてもふと読み返したくなることは往々にしてある。その時に前とは全く違った感想になるのが本の醍醐味ではないか。『天使なんかじゃない』なんて数年ごしに読むと、翠に、マキちゃんに、志乃ちゃん、マミリン、ケンちゃん、晃、晃のお母さんなど感情移入する人が次々変わってその都度ボロ泣きするしな…っていうような確実にまた読み返すモノは迷わず置いとくとして、私の場合、二度と読まないであろう本さえ捨てられなかったりする。コレクターのように集めることが趣味ではないし、本がたくさん並んでいる状態に満足しているわけではない。むしろ邪魔やし、入りきらずに並べた本がさらに積み重なっていくのもゴチャゴチャして落ち着かない。でも、一度は愛した本。もう二度と読めないと思うと恋しくなり、思いとどまってしまうのだ。

整理整頓マスターの方々は言う。「読みたくなったらその時にまた買えばいい」「本当に必要ならもう一度出会う」……ほんまそれ。実際、なかったらなかったで気にしない、捨てても買ってまでは読まないであろう本は多い。捨てたら存在を二度と思い出さないであろう本もある。

ただそうなるとまた、逆に捨てられへんねんけど。今生の別れやん。むしろ絶対にまた読み返したくなるとわかっている本のほうが捨てられるわ（なんのために）。たとえ今生の別れやとしても存在自体を忘れてしまってんねんから何一つ痛手じゃないねんけど、なんやろ……かつてドラえもんと仲良くしていた記憶を消されたくないみたいな感じというか。え、何言ってるんやろ私。はよ捨てよ。今すぐ捨てるわ！（ザッ）………いやゴメンやっぱり保留にさせて！（拾い上げる）

そして最大の難関、それは人からもらったものだ。飾り物や小物、とくにそれが手づくりであったら、たとえ趣味が合わず引き出しの奥で眠っていたとしても捨てられない。

プレゼントはもらった時点で役割を果たしている、と聞いたことがある。笑顔で受け取り、御礼を伝えたらそこで完結しているから、気持ちだけを大切に受け取り、モノだけ捨てれば良い、と。でも、気持ちだけもらってモノだけ捨てる、って難しくない？ そこピッタリくっついていない？ モノ捨てた時点で気持ちも多少持っていかれるやろ。しかも「ありがとう！　めっちゃ嬉しい！」と笑顔で受け取って、バイバイした瞬間に気持ちだけもらってゴミ袋にバスン入れてたらちょっと怖いやん。血も涙もない人やん。

自分がだれかになにかをあげる際、めちゃくちゃ悩むタイプだからかもしれないし、不器用で、なにかひとつ作るのに何時間もかかるからかもしれないが、どうしてもそのプレゼントに込めた思いと時間、くれた人の顔を思い浮かべてしまう。といって、使わず棚の奥にしまっておくのは大切にしていると言えますか？ と聞かれたらNOやし、見るたび「どうしよコレ…」と思うなら逆に失礼、私ならいっそ捨ててくれと思うだろう。数年後「私があげたあの置物、どこにある？」と聞いてくる人なんておらんし、逆に「まだ持ってくれてたん!?」と喜ばれることもないねんけど、なんなんですかね。教科書どおり「今までありがとう」と言ってゴミ袋に入れても…いややっぱりアカン！ と拾い上げてしまう。持ってることが誠意みたいな気がしてしまうのだ。

おそらく私は、モノに執着しているわけではない。人からもらったものは大切にするという考えや、自分の謎ルールに執着しているのだ。でも頂いたものであれ、明らかに汚れたり使い古したりしたら納得して捨てられるから、ゴミじゃないものをゴミにするというのが根本的にダメなのだろう。『捨てないやつはクズである』みたいな本をどこかから発売してくれないですかね。

しっとりふわふわ！
ショコラカップケーキ

捨てられない箱に入れてプレゼントに

泡立て不要！ 混ぜて焼くだけの簡単カップケーキ。
ココアは、なければ入れなくてもOKです

材料（直径7cmの型・5個分）

A
- 薄力粉……50g
- ココアパウダー（無糖）…大さじ1
- ベーキングパウダー……小さじ1/2（2g）

バター（またはマーガリン・無塩でも有塩でもOK）……30g
板チョコレート……1枚（50g）

B
- 砂糖……大さじ3
- 卵……1個
- サラダ油、牛乳……各大さじ2

粉砂糖（あれば）……適量

作り方

❶Aは合わせてふるう。オーブンは170℃に温める。型にシートを敷くか、バターを塗って薄力粉（各分量外）をはたく（紙の型ならそのままでOK）。

❷耐熱ボウルにバターと手で割ったチョコレートを入れ、ラップをせずに電子レンジ（600W）で50秒ほど加熱し、混ぜ溶かす。

❸②にBを順に加えてその都度よく混ぜ、Aを加えてゴムベラでさっくり混ぜる。①の型に等分に流し入れ、温めておいたオーブンで15～20分焼く。粗熱がとれたら粉砂糖をふる。

覚えられないもの

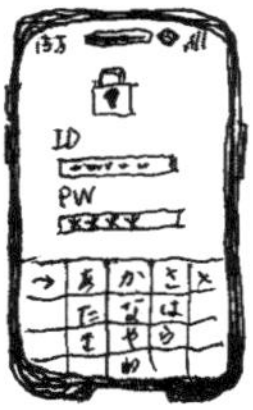

Amazonや楽天での買い物、銀行の振り込み、保育園の手紙、美容院の予約…今やもうすべてがアプリ、指先1つで事が済む。スマホがなかった頃を思い出せないぐらい便利な世の中だ。ただちょっとしたストレスがある。IDとパスワードをいちいち入力しないといけないこと、そしてそれをすぐに忘れることだ。もうほんま全然覚えられへん。

IDって電話番号やメールアドレスの場合もあれば、自分がつけた名前の場合があるし、そのメールアドレスもスマホとパソコンどっちかわからんし、パソコンもHotmailとGmailあるし、スマホもdocomoとiCloudの2パターンあるからもうさっぱり。

ほんでパスワードよ。たまに他人とかぶったパスワードは受けつけてくれないサイトあるじゃないですか。そうなると第二候補、それも無理なら第三候補…と、自分の中で何パターンか用意しているものを順に入れていくから、最終的にどれに落ち着いたか全然わからん。結局毎回スマホのアドレス×パスワード候補1、スマホのアドレス×パスワード候補2、全部はじかれたらパソコンのアドレス×パスワード候補1…と自分がつけがちなものから何パターンも試していくことになる。私のタッチミスの可能性も考えると×2回ずつは試さなあかんし、時間かかるわ目ぇ酷使するわ、途中で「もういい！買わん！」となることもしばしば。

あと、絶対あってんのに通られへん時ない？

いや、どこかで間違ってる、語尾に半角スペースが入ってへん？　とか言われるけど、そこもチェックしたうえで正しく入力してんのに入られへん時。ほんで何回も試したら突然入れたりして「いや私さっきからコレ打ってましたやん!!」て一人で鼻膨らませてる。いや私、さっきからコレ打ってましたやんって一人で鼻膨らませてるわ。2回も言うてゴメンやけど。

ほんで最後まで入られへんかったら「ＩＤ・パスワードを忘れた方はこちら」を押すことになるけど、送られてきたＩＤを見ると最初にサイト側から送られてきたランダムな数字と英語の羅列で「わかるか!!」ってなったり、そもそもパスワードを送るメールアドレスすらもはじかれて途方に暮れたり。パスワードを変更する際も、いつものパターンで入れたら「その組み合わせは既に使われております」とか出てきてキィ――！なる。私が使ってたんや！それで入られへんかったからここにおるんや！

サイト側としても入ってきてくれな商品購入してもらわれへんねんから、多少は協力してほしい。ＩＤの欄の横に

「※当社から送ったランダムな数字です」

「※ｙから始まる７ケタの数字です」

とか一言ヒントを書いてほしいし、打ち込んだときも

「あー惜しいです」

「前半の英語はあってますよ」

「全然違いますよ」

みたいに方向性としてどの程度正しいかだけ匂わせてほしい。

メモさえ取れれば解決する話やねんけど、銀行やら大事な仕事関係のサイトならまだしも、ちょっとした買い物なんてメモるほどのものじゃございません、って感じじゃないですか。最近はもう、１〜２回間違えたらすぐ「ＩＤ・パスワードを忘れた方」をクリックしてポンポンパスワード変更し、たどり着けなさに拍車がかかってます。みんなどうしてるんですかね。

鶏のマヨしょうゆ焼き

一度作ると忘れない1：1：1

砂糖、しょうゆ、マヨネーズのみでこの味！
焦げやすいので火加減には注意

材料（4人分）

鶏もも肉……………………………2枚
A｛砂糖、しょうゆ、マヨネーズ
……………………………各大さじ3
サラダ油……………………………適量
サニーレタス（あれば・ちぎる）、
粗びきこしょう（黒）…………各適量

作り方

❶鶏肉はひと口大に切り、フォークで穴をあける。ポリ袋に入れてAを加えてもみ込み、冷蔵庫で15分以上おく。

❷フライパンにサラダ油を中火で熱し、①を皮目を下にして並べ入れる。こんがりと焼き色がついたら上下を返して弱火にし、中まで火をとおす。器に盛ってサニーレタスを添え、こしょうをふる。

「できない」から生まれること

料理の仕事をしているが、けっして料理上手ではない。さすがに苦手ですとは言わないし、おいしいものを作れる、新しい料理を考えることはできるが、それはおいしい食材や調味料の組み合わせ、分量や配合を割り出すことができたり、食材の性質や調理のコツを多少知っているだけだ。というか好きなだけ。包丁でトトトトト…と均等に切るとか、皮をスッスッスッスむくとか、フライパンを宙であおるとか、オムレツをムラなくトロトロに焼き上げるみたいな、技術が必要なものはてんで駄目である。

なんせ手先が不器用。巻くとはがれ、包むとはみ出す。衣をまぶすと指サイドにパン粉がどんどんまとわりついてエビフライになり、周囲に大いにまき散らす。片付けながら段取りよく進められないので、終わると大概台所はぐちゃぐちゃだ。テレビの撮影では芸人さんに「ほんまに本出してはりますよね？」と確認されたり「もう私がやるわ！（笑）」と見かねて手伝ってもらえたりもする。これでレシピ本を出しているなんて、自分でもとんでもないなと思っている。

だが、この苦手や面倒くさがりが功を奏している部分もある。自分が作れる料理であれば、世の中の人はたいていうまく作れる、というのがそれだ。また幼い頃から数えきれないほど失敗をしてきたため、失敗しやすいポイント、不安になる気持ちもわかり、先回りして書きやすい。

「レンジ内からボン！と爆発音がしても気にしないで。あるあるです」
「シャバシャバで不安になりますが、合ってます」
「ボウルの底に小麦粉がへばりついたら、無視して上だけ混ぜて」
「拝啓 生地が分離された方へ　私もしましたが、そのまま焼きました。かしこ」

もし私が器用で、丁寧な作業を苦に思わないタイプであれば、きっと今みたいな料理は作っていないだろう。「まずはもやしのひげ根を取りましょう」とか「全卵26g使用」とか言い出しかねないし、丼に直接調味料と冷凍うどんを入れてチンとか、パックごと冷凍しているお肉を解凍無しで調理するなんて考えもしないと思う。

整理整頓や片づけが得意な友達が、「整理収納アドバイザーに興味あるけど、片づけられない人の気持ちがわからんから無理かも」と言っていたが、確かに最初から片づけられる人よりも、元は片づけられなかった人のほうが共感も得やすいだろう。美し過ぎる芸能人のメイク動画を参考にしにくいのも同じだ（ビフォーがアフターやん）。小学校の頃、二重跳びが得意な子にどれだけ教えてもらっても全然できなかったのが、つい先日跳べるようになった子の「膝を曲げるんじゃなくて、お尻を上げるように跳んでみて！」というアドバイスで一発成功したのを思い出した。

考えてみれば世の中の発明品のすべて…洗濯機も、食洗器も、新幹線も飛行機も、卵のお尻に穴あけるやつも（突然規模縮小）、できない、もっとこうしたい、から始まっている。また直接欠点が補えなくても、抱えて生きていくための精神力が鍛えられたり、処世術を覚えたり、誰かの「できない」に共感し寄り添える、思いやりや寛容さが生まれたりもする。劣等感やコンプレックスから生まれる少し歪んだ原動力は、健全なそれよりも時に強く、人を惹《ひ》きつけることも多い。

欠点は武器になる。そう考えれば、ダメな自分も少しは肯定できるかもしれない。

レンジで！
キャベツ入り塩麻婆豆腐

火加減の調整いらず！

野菜もとれて、本当に簡単な塩味の麻婆豆腐。
片栗粉がボウルの底にへばりついたら無視して上だけ混ぜて

材料（2人分）

豚ひき肉……120g
豆腐（絹ごし）……1丁（300g）
キャベツ……4枚（160g）
A ゴマ油……小さじ1
　にんにく、しょうが（各チューブ）‥各2cm
B 水……120mℓ
　片栗粉……大さじ1
　顆粒鶏ガラスープの素……大さじ1弱
　砂糖……小さじ1
塩、こしょう、粗びきこしょう（黒・好みで）、ラー油……各適量

作り方

❶キャベツはざく切りにする。

❷耐熱ボウルにひき肉と**A**を入れ、菜箸でひき肉をほぐすように広げる。ふんわりとラップをし、電子レンジ（600W）で3分加熱する。泡立て器でひき肉をほぐし、①、豆腐を切らずにのせ、合わせた**B**をかける。再びふんわりとラップをし、5分ほど加熱する。

❸②を取り出し、ゴムベラで豆腐をくずしながら底からよく混ぜ、塩、こしょうで味をととのえる。器に盛り、粗びきこしょうをふり、ラー油をたらす。

切ない足裏事情

お食事中の方は読み飛ばしていただきたいのだが、足の裏の話だ。美容雑誌などで「かかとや脇、膝など見えないところこそ常にきれいな女性でありたい」というような文章を読むと尊敬と憧れが止まらない。残念ながら私はかかとも脇も膝下もひじも、なんならデコルテも背中も、服で隠れるところはフルコンボで汚い。

まず基本的にかかとがガサガサだ。夏はまだ「あれ？ 白いレース貼りついてる？」ぐらいだが、冬は完全にメロンパン。いやメロンパンなんてかわいらしいもんちゃうわ、野生のガラパゴスゾウガメの甲羅と言ったほうがしっくりくるぐらいのゴワつき。皮が分厚く、爪を立てても痛点に達しないため、ときどき角質をむしって遊んでいる。幼い頃テレビでお相撲さんが足の裏にガビョウを刺しても痛くないというのを実践していて衝撃を受けたが、その端くれぐらいにはなっている気がする。毎日土俵で戦う力士と、家でパソコンと台所を往復しているだけの私の足裏が似るなんてことがあっていいのか。

靴下は買っても買ってもかかとに穴が開き、ワンシーズンにだいたい全滅させてしまう。ウオノメがあり裸足で歩くと痛いので、家では常に分厚いスリッパだ。撮影や打ち合わせを家でやることが多いので来客用にもスリッパを置いてあるが、たいてい皆さん遠慮して靴下のまま上がられるので、家の主のみがスリッパを履いているという微妙に失礼な状態に陥る（なので『ウオノメがあって歩くと痛いんで私だけスリッパ履いてます！　すみません！』と、聞かれてもないのに初対面の方に会うなり足裏事情を暴露している）。さらにいえば、小指の下の皮も異様に固い。タコができ、皮がやぶけている。ウオノメにタコにゾウガメ。もうどうしようもない足裏水族館なのだ。

原因は完全に歩き方で、昔っからガニ股だ。ロングブーツは靴底が外側だけガッツリすりきれ、脱ぐとファーンと両外側に開いて倒れるほどのガニっぷり。でも歩き方って今更直せないですよね。35歳過ぎてから重心変えるの不可能に近いやろ。

軽石で角質をこすり、馬だか椿だかの油でできた保湿剤を塗りたくって靴下をはいて寝たりもしたが、どうしても続かない。そもそも面倒くさがりなのにそんな新しい習慣が続くわけがないし、寝るときは絶対裸足で寝たい。

残るは友達に教えてもらったグッズだ。なにやら足形のカバーの中に液体が入っており、足をつけておくと数日後に突然ボロボロと角質が剥がれ、一皮むけて足がつるつるになるというもの。

数日後という謎のタイムラグ、足裏全体がボロボロ剥がれているイラストが怖くて試せていないが、私には最終手段がある…!! と信じ、今日もスリッパで過ごしている。

ホットケーキミックスで!
サクサクこんがりメロンパントースト

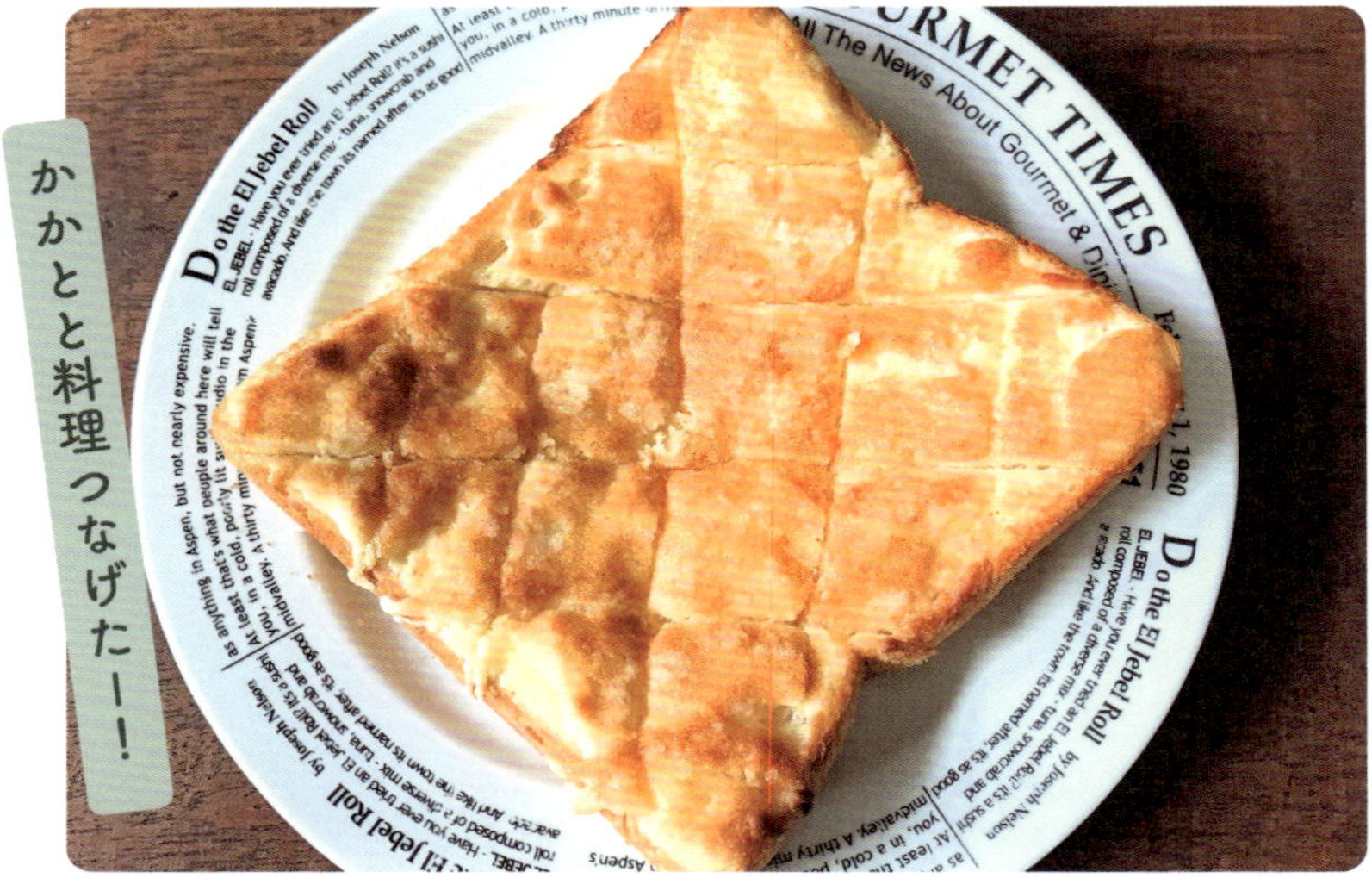

ホットケーキミックスを使うと簡単にサクサクに仕上がります。
食パンに、生地を薄くのばすのがコツ

材料(1枚分)

バター(またはマーガリン)……15g
ホットケーキミックス……大さじ2
牛乳……小さじ1
食パン(6枚切り)……1枚
砂糖……適量

作り方

❶バターは室温に戻す。
❷ボウルに①を入れてよく練り、ホットケーキミックス、牛乳を加えて混ぜる。
❸食パンに②を薄く塗り、砂糖をふって包丁で模様をつける。オーブントースター(1000W)で焦げめがつくまで5〜10分焼く。

ラン活の思い出

「ラン活」。いつからこんな言葉が生まれたのか不明だが、ランランと口角をあげて機嫌よく過ごそうという動きではなく、ランニングの勧めでもなく、子どもの小学校入学にあたり、保護者が行うランドセル購入のための一連の活動のことを指すらしい。いや、ただ買うだけやろ！と思っていたが、カタログを取り寄せたり、展示会に予約したり、試着させたり、色々あるそうだ。特に人気の工房やメーカーのものは発売してすぐ売りきれてしまうため、年々早期化傾向にあるらしい。遅くとも夏までには購入したほうがいいとか「年中さんから始めよう！」なんて書いてあるサイトもある。もはや受験や就活のノリやないか！

　きっとこれらは、大切な我が子に素敵にランドセルを持ってほしい、最大限に喜ばせたいという親の愛情からくるのだろう。だがこういうのを聞くたびに、そのムーブ乗らんとこ、と思ってしまう天邪鬼《あまのじゃく》なところが私にはある。

ランドセルに対して、私は特にこだわりがない。物が入れやすく、軽くて持ちやすいものであれば、職人が伝統的な方法で作る工房品でも、大量生産の大手メーカー品でも構わない。子どもは絶対気にしないからだ。

ただ、色やデザインに関しては、多少は悩んだ。独身の頃、キラキラのランドセルや、全身ピンクのフリフリの服、戦隊モノの恰好で外出している子を見ると、正直ちょっとダサいなと思っていたし、親の趣味だと思っていた。自分の子には、昔ながらの赤や黒でいい。装飾のない、シンプルなものを背負ってくれればよい。だが今になってわかる。あれは子どもの趣味を優先していたのだ。周りの目より我が子の喜びに価値を感じていただけなのだ。もちろん、自ら落ち着いた色やシンプルなデザインを好む子もたくさんいるが、我が子は心の8割をプリキュアに奪われていたため、ピンクや水色で、ヒラヒラ、キラキラが満載の、完全に乙女なものを欲していた。

何を優先するかは家庭によりいろんな考えがあるだろう。子ども自身も幼稚園と高学年では趣味も服装も当然変わる。高い買い物、6年間持つことを考えたら、今の移り気な娘の趣味に全力で合わせていいのだろうかとも思う。伝統的で、ずっと使える良いものを持ってほしいとか、センスを養う意味で親が助言するという人もいる。ハナから親が決める家もあるだろう。自分たちの頃は選択肢すらなく、ただ与えられたものを納得して背負っていたのだから、選ばせる必要も本当はないのかもしれない。そもそもこんなことで悩めること自体贅沢やし、子が選ぼうが親が選ぼうが、赤だろうが青だろうが、小さい話なんですけどね。

世間話程度に、夫に相談してみた。ラン活など1ミリも知らない夫は、「え!? ランドセルって誰が持つん」と驚いた様子で言った。「持つのは子どもやで。これ持って学校行きたいと本人が思うものを買うべきやろ。なんで親が悩むかわからんねんけど」「あとあと後悔するとか言うけど、せんかもしれんやん。もし後悔したとしても自分で選んだもんなら納得するやん。親が勝手に先回りして決めたら、欲しい色持ってる友達のことうらやましいな…って思いながら毎日過ごすかもしれんで」

しかもランドセルが素敵かどうかなど考えるのは1年生の間、それもおそらく最初の数週間だけで、あとはもう、ただの荷物入れとして、良いも悪いもなく背負っていくだろう。それなら、本人が現時点でとびきり気に入ったものを背負って、最初だけでもルンルンで学校に通ってほしい。

私はラン活の波に乗らず、夏も秋も過ぎ、冬になってから、CMでよく流れている大手メーカーの売り場に足を運んだ（子どもの趣味うんぬんより、もう残ってるのそこしかなかったわ）。子どもが背負うと水色でもピンクでも、なんだってかわいい。最終的に娘が選んだのは、焦げ茶にピンクのバラの刺しゅうが入ったランドセルだった。ゴールドのバラのチャームもついており、背中のくぼみはハート形である。

今、長女は4年生。自分のランドセルが大のお気に入りだ。そして今年、次女が年長になる。「赤とか、シンプルなやつがかわいいいんちゃう？」と若干刷り込んでいるが、きっと乙女な背中を見送ることになるのだろう。

後日談であるが、次女は私が「これ以外やったらどれでもいいわ」と思っていたピンクのラメラメのランドセルを見事に選んで帰ってきた。よりによってと笑ってしまったが、嬉しそうに入学を待ちわび、何度も背負う姿が愛らしかった。さらに後日談として、3年生の今は白黒ベージュカーキの服しか着なくなり、このピンクを選んだことを後悔しているらしい。でも自分で選んだし、当時は気に入っていたし、しゃーないな～と納得していた。後悔も含めて、選ばせて良かったと思っている。

味つき衣ポテト

一年生が喜ぶメニュー

ドロドロの衣をまとわせてから片栗粉でコーティング。かき揚げのようにくっついても、そこが美味！

材料（4人分）

じゃがいも……3個

A 小麦粉……大さじ2
サラダ油、水……各大さじ1

B 片栗粉……大さじ3
顆粒鶏ガラスープの素……大さじ1/2
砂糖、粗びきこしょう（黒・好みで）……各少し

片栗粉……大さじ2

揚げ油……適量

塩……適量

作り方

❶じゃがいもは皮をむいて細切りにし、水に5分ほどさらし、ザルに上げてペーパータオルで水気をとる。ポリ袋にAとともに入れてからめる。

❷別のポリ袋にBを混ぜ、①を加えてまぶす。全体がネチャッとしたらさらに片栗粉を加えてまぶす。

❸フライパンに揚げ油を深さ1㎝ほど注いで弱〜中火で熱し、②を入れる。こんがりと色づいたら上下を返し、くっついたところをはがしながら、さらに色づくまで揚げる。油をきって、塩をふる。

仕事のミスの思い出話

事務作業がとにかく苦手だ。書き間違い、抜けなどうっかりミスが多く、保育園の申込書や仕事の請求書関係もよく返送される。きっちりしている人には理解ができないだろうし、夫にも「なんで間違うんかわからん」とよく言われるが、言わせてもらえば私だって理解できないし、同じように「なんで間違うんかわからん」と思っているのだ。気持ちは同じ、ミートゥーって感じである。

会社勤めの頃は、毎日ミスにおびえていた。求人広告の営業をしていたのだが、お客さまに書いてもらう申込書が非常にややこしく、ことごとく間違えた。忙しい社長や店長などは、もたもたすると「もうやめとくわ」と言いだしかねないため、焦る焦る。指差し確認し、よし、これでもう間違いはない！と営業所に持ち帰り、上司に提出すると「日付がずれてる」「ゼロ1個多い」「社長と担当者の名前書く場所が逆」などあらゆるミスが発覚。書き直してもらうべく自転車でダッシュする。イライラする相手方に平謝りで何か所も二重棒線＋訂正印を押してもらい、「もう大丈夫やな？これ以上間違い

あったらほんま知らんで」と言われ、震える手で持ち帰って提出すると、訂正箇所が多過ぎてその申込書自体が無効と言われた時には消えたくなりましたね。

当時うちの営業所では、提出した申込書にミスがあれば、上司の机に置いてある営業所の貯金箱に10円を入れるシステムになっていた。愛ある罰ゲームのようなものであり、飲み会の資金か何かに足されるのだ。だが10円でこの筋金入りのミス野郎が改善するはずもない。毎回いちいち財布を出すのも面倒になり、ついには５００円をまとめて前払いし、そこから引いてもらうという最低ぶりを発揮していた（本末転倒。お金払った分ミスしていいみたいになってる）。

他にも、電話番号を間違えて掲載したり、「応募する」のボタンを付け忘れてネットから応募できなくしたり、タクシー会社に「タクシー業界の巻頭特集があるので是非お願いします！」と何度も足を運んで大きい広告を出してもらったのにコードを書き間違えて巻頭特集に載らなかったり、始末書に「二度とこのようなことがないよう最新の注意を払います」と書いて提出したり…今やから笑えるけども。

営業成績だけはかろうじてよく、毎回めちゃくちゃ反省するので上司にもお客さまにもかわいがってもらえていたが、これで売り上げがなかったら完全に邪魔者だっただろう。

今は1人で仕事をしているため、怒られる恐怖からは解放されたが、ミスの全責任を自分で負わなければいけない怖さがある。そしてもちろん何度もミスはしている。

ただ、取り返しのつかないことになったことは今のところない。「今回は良かったけど、いつか取り返しのつかないことになるぞ」…この言葉を人生で何度も耳にしてきたし、今もおびえてはいるが、命に関わること以外、取り返しは結構つく（と思うと医療従事者の方への尊敬がやまない）。もう終わりだと思っても、逃げずに真正面から向き合い、真摯に対応すればどうにかなるし、「ここでダメならどこに行ってもダメだぞ」も、たいていそんなことはない。もちろんどこに行っても仕事はしんどいし、自分という人間はついてくるけど、心が削られるなと思う職場は離れていい。逃げじゃなくて、それは勇気だ。

ミスを開き直ってはいけないが、落ち込み過ぎてつぶれそうな方、自分のことが嫌いになりそうな方がいたら、心の逃げ道にしてほしい。大丈夫。大丈夫。

火も包丁も不要!
納豆豆腐サバ缶うどん

どんなうっかりモノでも作れる!

好みでゴマ油をたらすとコクと風味アップ!
うどん、4人分ならゆでた方が圧倒的に早いです(火使うけど)

材料(4人分)

納豆(たれつき)……………………4パック
豆腐(絹ごし)……………………………1丁
サバ缶(水煮)………………… 1缶(190g)
冷凍うどん ……………………… 4玉(800g)
天かす、刻みのり、
　長ねぎ(小口切り・市販品)、
　しょうが(チューブ)、
　すりゴマ(白)、
　めんつゆ(ストレート)………各適量

作り方

❶冷凍うどんは袋の端を切って耐熱皿にのせ、電子レンジ(600W)で1袋につき3分20秒ずつ加熱し、冷水に取って締め、水気をきって器に盛る。
❷豆腐をくずして①にのせ、サバ缶、付属のたれを混ぜた納豆、天かす、のりものせる。
❸長ねぎ、しょうがを添えてゴマをふり、めんつゆを回しかける。

機械音痴の日々

料理やコラムの仕事をして10年以上経つが、機械にとことん弱いため様々な場面で非効率なことをしている自覚がある。ブログに載せる写真には「syunkon」と入れているのだが、ロゴの作り方がわからないため、いちいち「syunkon」と1枚1枚手で打ち込んでいるし、数か月前までスマホからパソコンへ写真を取り込む方法を知らず、2～3枚ずつメールに添付して送っていた。一眼レフなどカメラの使い方もわからないため、料理の撮影はいまだにiPhoneだ。iPhone7。現時点でフォルダに35456枚の写真と1775本の動画がたまっているから紛失・破損したら終わりである。照明の立て方もわからず自然光のみで撮影しているため、料理の仕事は天気の良い日の8時～16時（※日照時間により異なる）という建設業者のような働き方をしている。

ガラケーだった最初のころに比べると仕事はかなり楽になったが、iPhoneも全然使いこなせていない。まず指紋認証ができず毎回パスワードを打ち込んで入っている（以前設定したのに入れた試しがない。全指はじかれる）。そして誰にも共感してもらえな

いのだが、誤操作なのかバグなのか、頻繁にアプリの配置が勝手に変わっている。毎日使うTwitterが3ページ目にあったり、絶対に使わない年賀状アプリがトップページに来ていたり、画面の上のほうしかアプリがないページがあったり、ひどい時には1ページに1つだけぽつんとあったりする。

1ページ目ぎっしり、2ページ目ぎっしり、3ページ目スシローのみ、4ページ目ぎっしり…みたいに並んでる日は、スシロー今日は1人になりたかったんかな、とか推測してしまうわ（機械に弱い人あるある…擬人化しがち。『今日プリンタ機嫌が悪い』『パソコンが拗《す》ねてる』など）。

几帳面な友達が、私のスマホ画面を見て「待って（笑）こんなことある？ このスペース気にならへん!? 整理していい!?」と整えてくれたのだが、数日経つとまた散乱だ。

なんなのだろう。もうどこに何があるか覚える気すらなく毎回探しているし、それが基本スタイルなので不便とも思っていない。いつも改善するより前に順応するのだ。昔ケータイから充電器が外れなくなった時も、最初は戸惑ったがすぐに順応し、ナチュラルに手にグルグル巻きにしながら電話していることを指摘されるまで忘れていた。鍋蓋の取っ手が外れ、布巾ごしにネジをつまむ生活ももう5年以上になる。

すべて改善したら今のバタバタな生活に少しは余裕が出るのだろうか。しばらく作業を中断し、多少仕事を遅らせてでも、状況改善に努めたほうが結果的にはスムーズに進むかもしれない。

手始めにiPhoneを買い替えようと思っている。

こぼれ話

ブログにこのポツンとスシロー画面を載せたら「スシローより未読メール14020件が気になる」というコメントだらけで笑いました。恥ずかしながらここに関しては日常過ぎて見えてなかったわ。

2025年2月26日現在、24,634件に増えました

ツナの炊き込みご飯＆ポテトサラダ

料理だけは効率よく！
副菜も同時に調理！

蒸気口をふさがないよう注意！
サラダの卵は最後にのせるときれいに仕上がります

材料（4人分）

米……………………………2合
ツナ缶（油漬け）…1缶（70g）
芽ひじき（乾燥）……大さじ2
にんじん………………1/2本
じゃがいも………………2個
卵…………………………2個
めんつゆ（3倍濃縮）
……………………大さじ4※1
きゅうり…………………1本
スライスハム……………2枚
A マヨネーズ
……………大さじ4〜5
砂糖、酢……各大さじ1
塩、こしょう……各少し

※1 めんつゆは濃縮2倍なら大さじ6

作り方

❶米は洗ってザルに上げる。ひじきはたっぷりの水につけて戻し、水気をきる。にんじんは細切りにする。じゃがいもは皮をむき、卵は殻ごとよく洗い、それぞれアルミ箔※2で包む。

❷炊飯器（5.5合炊き以上）の内釜に①の米を入れ、めんつゆを加えて水を2合の目盛りまで注ぐ。ツナを缶汁ごと加え、①のにんじん、ひじき、アルミ箔に包んだじゃがいもと卵をのせ、白米モードで炊飯する。

❸きゅうりは薄切りにして塩少し（分量外）でもみ、しんなりしたら水気を絞る。ハムは短冊切りにする。

❹②が炊き上がったらじゃがいも、卵を取り出す。じゃがいもはつぶし、ゆで卵は角切りにし、③とともに**A**であえる。ご飯はさっくり混ぜる。

※2 炊飯器によっては、アルミ箔の使用ができない場合があります。お手もちの製品の取扱説明書をご確認ください

筋トレを始めたはなし～前編～

筋トレを始めた。いや、正確にはこの連載が誌面に載るのは原稿を書いてから2か月後なので、これまでの経験上、おそらくもう筋トレはしていない。過去の話だ。

ここ数年、世は筋トレブームだ。社長もアイドルも芸人も、主婦も学生もどんどん始めている。筋肉を手に入れたものは突然ポジティブになり「逆になんでしないの」と言わんばかりに語り出す。なんでしないかって、しんどいからだ。しんどいことは極力したくない。一回やったら1g筋肉が増えるみたいな正確な目安があるとか、数日で目に見えて効果が感じられるなら頑張れるが、数週間やったところで何の変化もないからモチベーションが上がらない。「体が変わっていく楽しさ」を味わうのは長期的過ぎる。

筋トレをした人がポジティブになるのは、単に見た目が良くなったとか、ドーパミンやらテストステロンの分泌だけでなく、この地道な努力があるからだと思う。眠い朝も走りに行った、しんどい時にあと1回ダンベルを持ち上げた…自分との戦いに勝った経験の積み重ねこそが自信になるのだ。

ここまでわかっているなら継続して自信つけろや、という話だが、わかっているからこそ、先が遠くて気が滅入る。何度筋トレやダイエットに挫折してきただろう。朝バナナ、パワーヨガ、デトックススープ、糖質オフ、カーヴィーダンス、ＴＲＦのＤＶＤ、酵素ドリンク…ある日を境にやる気が途切れ、ぱったりとやめてしまう。いきなり朝から「ソーセージエッグマフィンセットが食べたい！」という願望が止められない日が訪れ、１回ぐらい…とむさぼる。満腹になったら色々どうでもよくなり、マウントレーニアとか飲んだりしちゃって、そのままなし崩し的に暴飲暴食。驚異的なスピードで元の体型に戻る。なんなら超えていくパターンだ。

と言いつつ、世の中で提唱されているダイエット方法で、効果のないものはほとんどないと私は思っている。効果が出るまで続けるか、途中でやめるか、それだけだ。「何をやっても痩せない」は嘘。正しくは「何も続けられないから痩せない」だ。「効果がなければ全額返金！」というジムのからくりはこれをうまく利用している。返金の条件は「指示内容に従っていること」。食事制限やトレーニングなど、言われたとおりにすれば絶対に痩せるようにプログラムされているのだから、まず返金されることはない。良心的かと思いきやー!!（広告グシャグシャに丸め潰す）

話がそれたが、今回筋トレを始めたきっかけは、友達が誕生日にくれたプロテインだ。彼女は数年前からジムに通い始め、私が「いいなー」「筋肉ほしい」と言ったのを覚えていたのだ。できれば筋肉をプレゼントしてほしかったが、その第一歩となる粉、人生初プロテイン。今まで「プロテインほどのものではございません」と思っていた。ムキムキの人が好む飲み物というイメージがあったので、ちょっと筋トレするぐらいで飲んだら、カロリーを無駄に摂取して太るんではないか、と。

だが、せっかくもらったからには飲んでみたい。飲むからには筋トレをせねば…という流れで始めたというわけだ。前置きがアホほど長くなったので次回に続かせてください！

鶏胸肉とブロッコリーの卵サラダ

タンパク質豊富で低糖質

筋トレ中の人にもおすすめ。鶏胸肉はフォークで
100か所くらい穴をあけるとやわらかく仕上がります

材料(4人分)

鶏胸肉……1枚(300g)
A 塩、砂糖……各小さじ1
　水……100mℓ
ブロッコリー……1個(250g)
ゆで卵……2個
B 白すりゴマ、
　めんつゆ(2倍濃縮)、
　マヨネーズ
　……各大さじ4
粗びきこしょう(黒・あれば)
……適量

作り方

❶鶏肉はフォークで穴をあけ、ポリ袋にAとともに入れてもみこみ冷蔵庫で30分以上おく。ブロッコリーは小房に分ける。ゆで卵は6つ割りにする。

❷①の鶏肉は、つけ汁ごと耐熱ボウルに入れ、ふんわりとラップをかけて電子レンジ(600W)で5分加熱し、そのまま冷まして食べやすい大きさに裂く。ブロッコリーは、洗って水気がついたまま耐熱容器に入れ、ふんわりとラップをかけて電子レンジで3分ほど加熱する。

❸合わせたBで①の卵、②をあえる。器に盛り、こしょうをふる。

筋トレを始めたはなし～後編～

前回の続きである。早速YouTubeで見つけた「10分筋トレ」というのをやってみた。スクワット、膝をついた腕立て伏せ、軽い腹筋など初心者用のものだ。

だが、私は最後までついていけなかった。なんなら一番最初の「バンザイしながらスクワット20回」の時点でできなかった。巻き肩過ぎてバンザイ自体がしんどいのだ。喜びを表現する動作がこんなに苦痛だなんて日本人の風上にもおけない。腕立て伏せは膝つきにもかかわらず1回もできず、腹筋は息も絶え絶え、最後のプランク20秒は1秒で腹筋が悲鳴をあげ、全身がプルプルプルプル震え、このままでは命まで危ないと倒れこんだ。完敗だ…。

その後の疲労感ったら。一日じゅう体がだるく、頭痛がし、何をする気も起きない。さらに翌日、いや、翌々日まで続くひどい筋肉痛。たった10分の筋トレで丸3日も無駄にするなんて代償がすご過ぎる。もはや毒だ。

だがプロテインはめっちゃおいしく、「ただの抹茶シェイク!!」と感動した。ただの抹茶シェイクだ。ご褒美のおやつといってもいいぐらいただの抹茶シェイク。意地でもこの1袋がなくなるまでは続けてやろうと誓って1か月。ついになんとか、最後のプランクまでこなせるようになった。

だが、相変わらず苦痛だ。ある程度運動を続けると快感になり、むしろ体を動かさないと気持ち悪い…みたいなことをよく聞くが、一向にその日がこない。今すぐやめたい。しかも何が腹立つって、この地獄の筋トレが楽にこなせるようになったときには筋肉がつかなくなる、一生負荷を増やし続けねばならないというシステムだ。「筋肉は裏切らない」とはよく聞く言葉だが、私に言わせれば筋肉ほどすぐ裏切るものはない。手に入れるまであんなに苦労するのに、ほんの数日さぼれば一瞬で去っていく。ここまで頑張ったから、これ以上は減らんことな、みたいなボーダーラインがないの絶望じゃない？


それに比べて脂肪の忠誠心よ。いつだってそばにいる。放っておいても全然離れない。体が慣れることもなく、食べた分だけ律儀に増える。なんなんこれ。不公平過ぎるやろ。

しかもこの1か月、体重が全然減っていない。筋肉は脂肪より重いから…いやいや、まだそこまで筋肉はついていない。その前までやっていた糖質オフ生活をやめてしまったからだ。同時進行せえよ！と思うのだが、筋トレをすると「これは腹筋の分」「これはプランクの分」と桜木花道がミッチーへ仕返しするかのごとく脳内で言い訳し、食べ物を口にしてしまう。たかが10分の筋トレなど消費カロリーはわずかなもので、抹茶シエイク飲んだらトントンやのに、許される気がしてモリモリ食べてしまうんです。
でも、何もせず食べているよりは絶対にいいはずだ。プロテインがなくなる頃には、
少しは体型が変わっていると信じたい。

パサつきなし!
鶏胸肉とアボカドの塩だれ炒め

高タンパク&低糖質

全部一度に入らなければ、
先にアボカドを焼いて取り出し、その後鶏肉を焼いて

材料(4人分)

鶏胸肉……2枚(600g)
アボカド……2個
A 顆粒鶏ガラスープの素、酒、水……各大さじ2
　ゴマ油……大さじ1
　砂糖……小さじ2
　にんにく、しょうが(各チューブ)……各4cm
　塩、こしょう……各少し
サラダ油……適量
塩、こしょう、粗びきこしょう(黒・好みで)……各適量

作り方

❶鶏肉はひと口大のそぎ切りにし、フォークで全面に穴をあける。アボカドは種と皮を除いて2〜3cm角に切る。ポリ袋にAを入れて混ぜ、鶏肉を入れてもみこみ15分おく。
❷フライパンにサラダ油を中火で熱して①の鶏肉を入れ、こんがりと焼き色がついたら裏返す。あいているところにアボカドも加えて両面焼き、塩、こしょうで味をととのえる。
❸器に盛り、粗びきこしょうをふる。

わが家のフライパン事情

仕事柄、愛用している電子レンジやフライパンを聞かれることが多い。「コレほんとにオススメ！　ぜひ使ってみて!!」と言えたら良いのだが、私はキッチングッズへのこだわりがだいぶ薄いほうだ。電子レンジは結婚祝いに元会社の同期がプレゼントしてくれたもので、フライパンは…どこのかもわからん。ライフ※のフライパン。ライフのフライパンではないけど。ライフで買ったどっかのフライパンやわ。

私の雑な性格上、摩耗テストみたいなのを何十万回もクリアしている高級なものを買ったとしても絶対に品質を保てない。モノが悪いのではなく、私の使い方が悪いのだが、1年後には確実に焦げついている。だが高額ゆえ「たまたま今くっついただけ」「今のうそ」「全然いける」と謎の自己暗示をかけ、元をとろうとするあまり買い替えることをせず、快適に炒める期間を自ら減らすという本末転倒の状態に陥るのだ。なのでもう、フライパンは１０００～１５００円程度のものを買い、1～2年で買い替えることにしている（前はキリン堂※の３０００円のものを使っていたがちょっと昇格した）。１万円のフライパンを10年使うより１０００円のものを10台使うほうが常に快適に過ごせる、と

※近畿・関東地方で展開するスーパーマーケット

※関西地方を中心に展開するドラッグストア

いうのが今のところの持論だ。

こだわりのなさは、実家の事情が関係しているのかもしれない。幼い頃使っていた実家のフライパンは、ほとんど真っ黒焦げだった。鉄のフライパンだったのか、何かしらの加工が剥がれきったフライパンだったのかすら不明なほど焦げが付着し、油をどれだけひいてもくっつくので、フライ返しでゴリゴリしながら炒めるのが基本（学生時代の彼氏に『ゆりんちのご飯っておいしいけど、すべてのおかずに小さい焦げ混ざってるよな。最初黒こしょうかと思った』と言われて爆笑したわ）。

祖母に至ってはフライパンを毎回洗うという概念すらなく、お肉を焼いたフライパンでそのままホットケーキを焼いていた。ただ祖母のホットケーキは信じられないほど裏面が丸焦げ、フライパンの底をそのままくっつけてるんか思うほど漆黒だったので、そこだけ剥ぐかジャムを大量につけるスタイルで。結果的にお肉の香りなんて全然気にならなかったんですけどね…と話がそれたが、そんなワイルドばあちゃんの元で育ったため、フライパンでもお鍋でもまな板でも、安物だろうがなんだろうが、基本的に快適なのだ。今使っているお玉も菜箸もフライ返しも100円均一、まな板もダイソーの100円のものとＩＫＥＡの300円のものを愛用している（出来立ての鶏の照り焼きをのせるたびに熱で変形して反りかえる）。お玉の持ち手は熱で溶け、妙な角度で曲がっている（撮影時に「ユリ・ゲラー来られたんすか？」って聞かれたわ）。土鍋や小皿も夫が一人暮らしの時代から使ってきたものを継続して使っている。

だが、この考えも今後変わるかもしれない。なんにせよ、自分の好みややり方が常にどこか間違っていると思っている側の人間なので、これでいいのだとも思っていないし、自信をもって人にアドバイスやオススメができない。今回の話に関しても、参考にしないでいただけたらありがたいです。

大豆とベーコンと野菜のスープ煮

くっつくフライパンでも作れる！
（聞いたことない料理のキャッチ）

我が家の定番スープ
味つけは白だし（と塩こしょう）だけなのに絶品!!

材料（4人分）

ベーコン（ブロック）……60g
大豆（水煮）……100g
にんじん……小1本
玉ねぎ……1/2個
じゃがいも……1個
キャベツ……1/8個
オリーブオイル（またはサラダ油）……大さじ1
A 白だし……大さじ5
　水……1000mℓ
塩、こしょう……各少し
オリーブオイル、ドライパセリ（各好みで）……各適量

作り方

❶ベーコン、にんじん、玉ねぎ、じゃがいもは1.5㎝角、キャベツは2〜3㎝角に切る。
❷フライパンにオリーブオイルを熱して①を炒め、焼き目が軽くついたら、Aと大豆を加え、フタをして弱〜中火でやわらかくなるまで煮る。
❸味見して好みの濃さまで水または白だし（各分量外）をたす。塩、こしょうで味をととのえて器に盛り、オリーブオイルをたらし、ドライパセリをふる。

もう少しお付き合いください

帰宅後の攻防

「ランドセル片づけや〜」

長女アミに何度言っただろうか。1年生のときは「帰ってきたらまず連絡帳出して、宿題して、ランドセル片づけんねんで」と優しく説明していたが、何日経っても、何か月経ってもランドセルは放り出したままだった。「ランドセル片づけろって言ったやろ!! 捨てるで!!」とブチぎれたり、くどくど説教をたれたことも少なくない（息を吐くように使う言葉「全部捨てるで」）。

そして4年生も残り数か月という今。毎日毎日この言葉を口酸っぱく言い続け、怒り続けた結果、少しずつではあるが、アミなりに、母の怒りへの耐性をどんどんつけていったようで、なんといまだに帰ったらランドセルを放置している。

先日は「ただいま！！！」と帰ってくるなり玄関でランドセルと厚手のジャンパーを同時に脱ぎ、遠目で見るとそこにアミが座ってるかのような立体的な状態で放置し「いってきまーす！」と飛び出していった（なんかもう、ジャンパーと握手したわ）。

プリントもテストも連絡帳も、何度言っても全然出さず、ランドセルの底でグジャグジャで発見される。友達にもらった手紙、図工の作品、遠足のしおりや走り書きのイラスト…全部「大事なもの」らしく、机にどんどんたまっていく。それなのに去年、小学校の懇談で先生に「毎日教室の掃除をしてから帰ってくれてるんです」と言われて驚愕した。どこ掃除しとんねん（そこは大いにほめるとこやろ）。

きっと、身の回りをキレイに保つことなんかよりも、夢中なものがたくさんあるのだ。できない部分に目を向けると毎日怒ってばかりで本当に疲れるが、宿題も片づけもなにもかも放り出して遊びたい友達がいること、手紙やオモチャをずっと大事にできること、やめられないほどハマるゲームがあること…考えてみればすごく幸せなことだ。なにより元気に「ただいまー！」と帰ってくる。それで十分ではないか。ひと言「ランドセル片づけや〜」と言えばそれでいい。昨日も言ったのに、何年も言ってるのに…と過去の蓄積を思い返したり、いつになったらできるのかと先のことを考えると不安や心配でつい イライラするが、ひと言いうだけなら大したことはない。…と書いていたらまさに娘が帰宅した。

「なぁなぁ、ママ私の手ぇ触って！めっちゃ冷たくない？」
「お腹すいたー！給食全然たりへん！なんかない？」
「あとで、りおちゃんとあつ森※しに行くから！今日さ〜学校でな…」

今キャラメルを食べながら『姫ちゃんのリボン』を読みニコニコしている。もちろんランドセルは放置だ。さぁいつ言おう。諦めた瞬間に気がついた。こんなにも尊い時間だったのだ。

握手したジャンパー

※Nintendo Switchのゲームソフト『あつまれどうぶつの森』の略

カリカリチーズのソーセージドッグ

子どもの朝ごはん、おやつにおすすめ

食パンで作れるのがうれしい。
パンの巻き終わりをチーズでとめるから形がくずれない！

材料（4本分）

食パン（6枚切り）………… 2枚
ウインナーソーセージ
……………………………… 4本
ピザ用チーズ、
トマトケチャップ、
サラダ油 …………… 各適量

作り方

❶フライパンに油をひかずにソーセージを並べ、中火でこんがりと焼いて取り出す。

❷食パンは耳を落として半分に切る。手で全体を平たくつぶし、ケチャップを少し絞り（はみ出るので少しがオススメ）、①をそれぞれ巻く。

❸フライパンに油を薄くひき、チーズをふたつまみずつ4か所に分けてのせる。②を巻き終わりを下にしてチーズの上にのせる。中火にかけ、こんがりしたら裏返し、両面こんがりしたら転がして全面に焼き色をつける。

おいしさ共有のススメ

節分には毎年、豆まきをして丸かぶり寿司（恵方巻）を食べる。といっても恵方巻の風習に強いこだわりはなく、単にお寿司が好きだから参加しているぐらいのノリだ。不器用なため手づくりではなく市販品で、スーパーに並ぶ大量の巻き寿司から家族のそれぞれが好きそうな具のものを購入し、今年の恵方をなんとなく向きながらかぶりつく。ちょっとした非日常が楽しいのだが、この習わしに関して個人的に一部不満がある。それは「福が逃げないよう、無言で1本食べきる」というルールだ。

せっかくやから海鮮巻きもサラダ巻きも両方ちょっとずつ食べたいし、間に茶わん蒸し挟みたいし、どれだけおいしいか言い合いたくない？（ただの巻き寿司の試食会か）

私は昔から「おいしい」とすぐ口に出す。意識してというより、出さずにいられない。このおいしさを周りに伝えたいし、共有したくなるのだ。仲のいい友達はたいていみんなそうで、食事にいくとみんな感想が止まらない。たとえ１００円の回転寿司であっても、何度も食べてきたマクドナルドのポテトであっても、ひと言も発さずに胃に収めることはほとんどない。誰かが言う。「なあ、今日のポテトめっちゃおいしくない？」

「思った！」

「揚げ具合と塩のふり加減が完璧やんな」

「シェフ呼んでもらう？」

「迷惑客か」

会話が弾んでいるときも「あ、ちょっと待って。これめっちゃ美味しい」「思った！めっちゃおいしい！」「やんな！ゴメン、続けて」みたいな流れになったりする。貧乏舌なのもあるが、口に出せば出すほどよりおいしく感じてくるから不思議だ。

これは、人生を楽しむ小さい技だと思う。「おいしい」「うれしい」「楽しい」と口に出すことは、自分は今幸せであるということを自分に再確認させる行為だ。さらに誰かと共有すれば幸せの度合いは跳ね上がる。１００円のマグロも無言で食べたら１００円の価値しかないが、「見て！この美しい赤身」「もはや中トロ」「おいしい〜！」「値段間違ってるんちゃうん」などと言いあって食べれば５８０円ぐらいの価値になる。

先日、喫茶店のモーニングセットなるものを初めて食べたのだが、出てきた段階でテンションが上がり「わー」と手をたたき（今気づいたけど、この拍手おばちゃん丸出しやな）、「憧れのモーニング！」だの「食パンなんでこんなおいしいんやろ」だの「このちょっとしたサラダがうれしい」だの言いまくっていたら店員さんに「朝からこんな喜んでもらえるなんて、今日は1日幸せやわ〜!!」と喜ばれた。喜びの表現は周囲まで幸せにするのだ。

今年の恵方巻も、おそらく途中で「コレだけ言わせて…めっちゃおいしくない？」と言いながらかぶりつくのだろう。福は逃げるが、そのほうがきっと幸福だ。

白菜入り!
だしいらず豚汁

恵方巻のお供に

これさえ添えれば栄養バッチリ！
一度冷ますと、より味がしみておいしい！

材料（4人分）

大根……………………………………5cm
にんじん、ゴボウ……各1/2本
白菜……………………………………2枚
じゃがいも ……………………………1個
油揚げ…………………………………1枚
豚バラ薄切り肉……………… 100g
ゴマ油………………………… 小さじ2
水…………………………………1000mℓ
みそ…………………… 大さじ3〜4
（あれば大さじ1は白みそがオススメ）

作り方

❶大根、にんじんはいちょう切りにする。白菜は2cm幅に切る。ゴボウは丸めたアルミ箔などで皮をこそげるように洗い、ささがきにして水に5分さらす。じゃがいもは2〜3cm角に切る。油揚げは短冊切りにする。豚肉は1cm幅に切る。

❷鍋にゴマ油を入れて中火で熱し、①を炒める。肉の色が変わったら水を加え、フタをずらしてのせ、弱めの中火で野菜がやわらかくなるまで煮る。火を止め、みそを溶き入れる。

アンパンマンへの執着

1歳半の息子がいる。少しずつお互い意思が通じるようになり、「水筒お姉ちゃんに渡して」と言うと持って行ってくれたり、「靴下とって」と言うと探したりするようになった。しゃべれる単語は「ババ（バナナ）」「パンマ（アンパンマン）」以上だ。

朝、私が手に持ったバナナを指さし「ババ！ババ！」と騒いで食卓によじ登ろうとする。お皿やコップのアンパンマン、テレビ画面を指さし「パンマ！」と叫ぶ。生きていく上であまり役に立たないこの2語のみをひっさげ、あとは喃語《なんご》と強い表情で押しとおす。いまだに「ママ」と言わないのだ。

長女も次女も私のことをママと呼ぶし、1日に何度もその言葉が飛び交っている。（私は「お母さん」と呼ばせたかったが、長女が「ママ」がいいと言い張ったので諦めた）それなのに息子はママだけはかたくなに口に出さない。アンパンマンよりも圧倒的に早く人生に登場しているというのに。そもそもママなんてめちゃめちゃ言いやすい単語やろ。「ババ」と「パンマ」のニアピンやん。

ちなみにだが、「パパ」は言える。いや、正確には、言えた。1日だけ「パパ」と呼ぶ日があったのだ。私が帰宅すると夫が「ダイチ（※息子）がパパって呼べるようになった！」と歓喜し、何度も何度も「パッパ！」「はーい！」「これ誰？」「パッパ！」「はーい！」「これ誰？」のやりとりを繰り返していた。その日に息子の1か月に使える最大パパ回数を使いきったのか、その後いっさい呼ばなくなった。やり過ぎや。もし言葉が話せたら「しつこいねん」と一蹴されてるに違いない。

長女と次女が最初に発した単語も、じつはアンパンマンだった。アンパンマンってなんなんやろ。顔の造りが単純でわかりやすいからとか、色がはっきりしてるからとか色々言われてるけど、それだけとは思えないほど異様に好きじゃない？ サブリミナル効果みたいな、映像の合間に催眠術でも出して潜在意識に訴えてるんちゃうん。この服以外着ない、この靴下以外はかないと思わせるほど、乳幼児を魅了する力がすご過ぎる。あの男のなにがいいのよ。

と、書いていて思い出す。アンパンマンを指さし「マン！」と言う、私を見て「ママ」と呼ぶ、それだけでほめちぎり、抱きしめた日々が長女、次女にもあったのだ。立てた、歩けた、走れた…毎日「できた！」「すごーい！」とほめていたのに、できることが増えるにつれ、むしろ「なんでやらへんねん」に変わってしまう。できて当たり前…いや、毎日がんばっているのだ。大人だって、ごはんを作ったり洗濯をしたり、朝起きられただけでもほめてほしいではないか。気づかないうちに流れていく上の子の成長や頑張りに、もっと目を向けなアカンなとあらためて思う。

最後に余談だが、この話を書くにあたり、我が子のようにアンパンマンに熱狂するチビッ子たちのほのぼのエピソードを読もうと、ネットで「アンパンマン　子ども　好き過ぎ」と打ち込んでみた。

他の人はこちらも検索

- アンパンマン依存症
- アンパンマン しか言わない
- アンパンマン病
- 2歳 アンパンマン 好き すぎる
- アンパンマン好きになって ほしく ない
- アンパンマン 執着

いや深刻か!!

さらには「アンパンマン依存症との闘い」「重度のアンパンマン中毒」という単語に、母たちの切実な悩みの数々。もう薬物やん。あんな無害の権化みたいな顔して薬物扱いされてるやん。確かに長女アミも、アンパンマンの靴を履いた知らない少年の足元を指さして「アンパンマン！アンパンマン！ママ！アンパンマン！アンパンマンアンパンマンアンパンマ――ン！！アンパンマ―――ン！！」って叫んでつけまわしてしまったことあるわ。やはり彼からは、依存性のある特殊な成分が染み出しているに違いない。皆様もお気を付けください（アンパンマンは、君さ…）。

パリパリチョコバナナ

できたてはチョコがとろとろ、冷蔵庫で10分ほど冷やすと固まります。時間が経つと皮のパリパリ感がなくなるので注意

材料(4本分)

バナナ……………………………2本
春巻きの皮…………………2枚
板チョコレート…………40g
サラダ油
………適量(大さじ3程度)
チョコスプレー(好みで)
……………………………適量

作り方

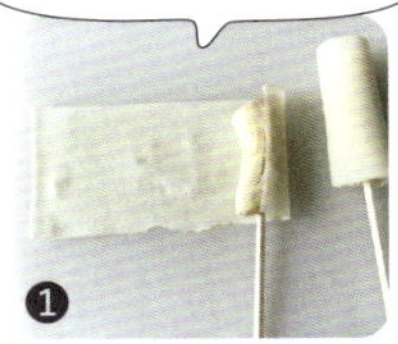

❶バナナは半分に切り、割り箸を刺す。春巻きの皮は半分に切り、バナナを1本ずつクルクル巻き、巻き終わりを水でとめる。

❷フライパンにサラダ油を入れ、①を並べて中火にかける。こんがりしたら裏返し、転がしながら全面を焼き、取り出して油をきる。

❸耐熱ボウルに板チョコレートを割り入れ、ラップをかけずに電子レンジ(600W)で1分ほど加熱し、取り出して混ぜながら溶かす。②に塗り、チョコスプレーを散らす。

ついうっかりとの共存

物忘れ、ついうっかりが昔から非常に多い。なにしに今この部屋にきたんやっけ…は日常茶飯事。自らの行動をたどってもう一度パソコンの前に座り、あ、ティッシュなかったんや！とまた先ほどの部屋に取りにいったら床に散乱しているレシートを見つけ、拾い上げて整理し、手ぶらで戻ってパソコンの前に座る。スーパーにキャベツを買いに行けばキャベツだけ買い忘れるし、エコバッグは①家に忘れる　②持ってきたのに車の中や自転車のカゴに置き忘れる　③今持ってるのに出し忘れる　の3本立て。1000円を崩すためだけにコンビニに入り、適当なお菓子を手にレジに向かい、「158円…ちょうどあるわ」と支払って出てきてお店の外で崩れ落ちる。

100均にいるときには100均で欲しかったものまったく思い出されへんし（無印良品然り）、イオンでどこに車止めたかなんて全然覚えられへんし、外出のついでにハガキをポストに出しに行くのなんかはもう、出せたら奇跡だ。カバンに入れてたら120%忘れるから手に握りしめて出て行ってるにもかかわらず敗北するわ。

お風呂の栓を忘れてお湯のスイッチを押した回数は数知れず、洗髪するときも今から

シャンプーするのか、し終わったのか頻繁にわからなくなる（ボトル押した記憶はあるけど昨日の記憶かもしれん…）。冷凍食品をチンするときは「あれ？ 何分やっけ」と必ずゴミ箱から袋を拾い上げるし、コーヒーを温めようとレンジあけたら昨日の夜に温めて食べようとしたおかずの残りと鉢合わせしたり、さっき自分が入れた別のコーヒーが入ってて乾杯ガシャーン…

Twitterの画面開いた状態でポケットにスマホ入れてて、誤操作でホリエモンの過激なツイートに「いいね」してて「そんな思想あったんですね」と色んな人にフォロー外されたり、「DAIGOも台所」の撮影中にこしょうが見当たらず、「あ、これですかね？」って目の前のペッパーさん※に手を伸ばしてしまったこともある。

こんなやつが子どもを育てているなんて本当に恐ろしい。子どものことだけはちゃんとできるんですよね…とかも全然ないんです。服の前後は頻繁に逆やし、保育園の荷物丸ごと玄関に置いて登園するし、子どもの名前を書く欄に間違えて自分の名前を書いてしまう（母親あるあるの逆。我が我がで恥ずかしいパターン）。先日は息子のズボンがビショビショで。え!? オムツずれてるやん！ と脱がしたらオムツ自体はかせてなかったしな。お尻いきなり登場してびっくりしたわ。言うてや。

※ペッパーミルの形をした番組キャラクター。前世は某国のお城を仕切るシェフだったとか

だが最近気づいた。こういうプチうっかりに関しては、どうすればちゃんとできるのか、など対策を練るより、過度に落ち込まないようにしたほうがよっぽど有益だと。35年以上生きてきて今更注意深くなるのは無理に等しい。コーヒーをこぼすことと、「今日はついてないな…」「私はなんてダメなやつなんだ…」と落ち込んで自己嫌悪に陥るのと、どっちが生活に支障が出るかといえば、おそらく後者だ。感情が乱されない限り、ミスはミス以上の被害はもたらさない。

完全に開き直りであるし、反省して対策練ろやという話だが、他人に迷惑をかけない限りは、笑い飛ばせる胆力をつけていきたい。

ソーセージとコーンのねぎバターライス

仕上げにペッパーさんをたっぷりと

コーンを炒めるとき、
パチパチはねるのでがんばって戦ってください

材料（4人分）

ウインナーソーセージ……8本
万能ねぎ……1束
コーン……大さじ8
温かいご飯……茶碗大4杯分（800g）
サラダ油……大さじ2
A 塩……小さじ1弱
　こしょう……少し
しょうゆ……小さじ2
塩、こしょう……各適量
バター（またはマーガリン）……40g
粗びきこしょう（黒・好みで）……適量

作り方

❶ソーセージは5㎜幅に切り、万能ねぎは小口切りにする。
❷フライパンにサラダ油を熱して万能ねぎを炒め、ご飯を加え、Aで味をととのえて器に盛る。
❸②のあいたフライパンでソーセージとコーンを炒め、しょうゆを加え、塩、こしょうで味をととのえて②にのせる。バターをのせ、こしょうをふる。

～拝啓　機械をよく壊す人へ～

自分が触ったときに限って機械や家電が壊れる方はいないだろうか。ビデオデッキやＤＶＤプレイヤーが動かなくなる、マウスが反応しない、洗濯機がいつまでも止まらないなどなど…。私がまさにそうなのだ。そこで「あれ？これ電源入らんねんけど」などと呟《つぶや》こうもんなら必ず言われるのが「なにしたん？」「なんか変なとこ触ったやろ」という疑いの言葉だ。

声を大にして言いたい、なんもしてへんわ!! と。時間を戻して私の行動を見てほしい。いや、それはちょっと困るけど（なんかしたんか）、壊れるようなことはしてないはずだ。ちょっと雑に扱ったり、ようわからんボタン押したりはあったかもしれんけど、壊れるようなことはなにひとつしてない。「なんもしてないのに壊れへんやろ」「ほんまになにもしてへんもん」という会話、人生で何度してきただろうか。

ブログにこの類いの話を書いた際、共感の声を多数いただいた。「私は手から波動が出ている」と言う方もいらっしゃった。少し話がそれるが、「ものをよく壊す」で検索するとスピリチュアルにたどり着いて驚いた。私は植物もすぐ枯らすのだが、これさえもスピリチュアルの世界では理由づけされていたのだ。どう考えても室内環境や水のあげかたに問題ありやろ！と思うのだが、なにか意味があると考えると落ち込み過ぎる人は救われていいのかもしれない（ほんまに意味があったらすみません！）。

話を戻すが、最近この、自分の番で毎回モノが壊れることについて、重大な発見をしたから聞いてほしい。これにはからくりがあったのだ。

モノが壊れたときの一連の様子を再現してみよう。テレビをつけようとしたら電源が入らない。そのときの会話はおそらくこうだ。

私「テレビつかへんねんけど」
夫「さっきはついてたで。なにしたん」
私「なんもしてへん」

そして別の日。夫がテレビをつけようとしたら電源が入らない。

夫「テレビつかへんねんけど」

私「さっきはついてたで」
夫「さっきなにしたん」
私「なんもしてへん」

いや、どっちも私が原因になっとるがな!!

私はものを壊しやすいと双方が思い込んでいるために、どちらが第一発見者でも自動的に濡れ衣を着せられていたのだ。なにもしてないつもりでじつはなんかしている、というパターンももちろんあるのだが、すべてがあなたのせいではないはず!! と、同じような方に伝えたい。

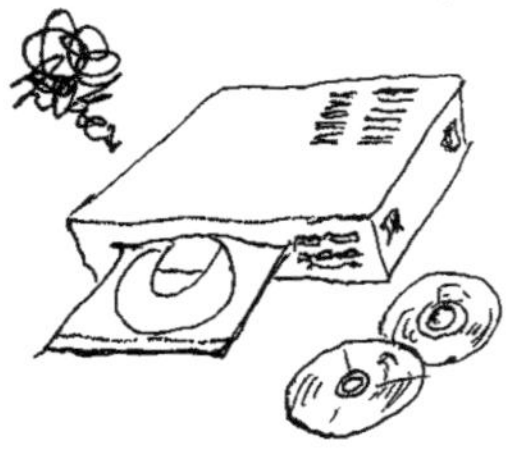

味つけほぼ1つ！
豚きのこたれバター丼

手から波動が出ている人でも作れる

焦げやすいので、たれを入れたら
煮つまる前にすぐ火を止めて

材料（4人分）

しめじ、エリンギ
……………… 各2パック（400g）
豚バラ薄切り肉……………… 250g
サラダ油 …………………… 小さじ4
塩…………………………………… 少し
焼き肉のたれ（市販品）
…………………………… 大さじ8
焼きのり …………………………… 適量
温かいご飯 ………… 茶碗大4杯分
バター（またはマーガリン）
……………………………………40g
粗びきこしょう（黒）、青じそ
（細切り・各好みで）… 各適量

作り方

❶しめじは石づきを除いてほぐす。エリンギは長さを半分に切り、縦に十字に切ってから薄切りにする。豚肉は食べやすい長さに切る。

❷フライパンにサラダ油を熱して①の豚肉を炒め、こんがりしたらしめじ、エリンギを入れ、塩をふって炒める。しんなりしたら焼き肉のたれと水大さじ2（分量外）を加えてからめる。

❸器にご飯を等分に盛ってちぎったのり、②、バターを各1/4量ずつ順にのせる。残りのたれを回しかけ、こしょうをふり、青じそを添える。

持続可能な幸せ

ネットショップをはしごしていたら、ある明太子が目に入った。レビューに

「この明太子を食べるともうほかの明太子は食べられません!!」

とある。いったいどれだけおいしいのか少し興味がある。しかし思いとどまった。このレビューが真実だとしたら、この明太子は非常に危険だ。今後死ぬまでこの明太子が定期的に無料で送られてくるならいいが、この先の人生、この明太子以外の明太子を食べる機会のほうが圧倒的に多い。今はスーパーの298円の明太子で大満足なのに、この明太子を経由したことにより「こんなの明太子じゃないやい」みたいなことになったら最悪ではないか。むしろ「この明太子を食べるとどんな明太子も最高においしく感じます!!」のほうが長い目でみれば価値がある明太子かもしれない（どんなまずい明太子や）。

幼い頃、祖母が作る夕飯のおかずはおいしかったが、１種類だけしかない日も多かった。ご飯、鮭の塩焼き、以上。ご飯、肉じゃが、以上。切り干し大根だけが３日続いたり、ゆでたブロッコリーだけだった日もある。おみそ汁や冷ややっこがつく日もあるが、ご飯と鮭と肉じゃがと豚汁みたいなことはなかったため（メイン３個あるやん）、小学校に上がって給食に感動した。姉に聞いていたとおりのおいしさ、品数の多さだ。当時はどの家も昼ご飯が一番豪華だと思っていたし、今でも実家において「給食の味」は最高の賛辞である。

お米はなぜか祖母が６〜７合一気に炊いて炊飯器に数日保温し続けていたため、いつも黄色くて一部カリカリだった（それが普通だと思っており、友達の家で「２合しか炊かない」と聞いたときに衝撃を受けた。炊飯器ってそんな少量のお米でも動くんや…）。なので炊きたてご飯の日はそれだけでごちそうだったし、外食なんてパラダイス。友達の家に泊まりに行くと「めっちゃおいしい！」「こんなん家で食べたことない！」とすぐ言うのでよく可愛がられた。好き嫌いもなく、姉妹そろって食べることが大好きで、作ることも好きになった。

ある意味、祖母の食育は大成功だ。幼い頃から品数豊富で絶品の献立を毎日食べていたら、よそに行った際にあまり感動できないばかりか、「家のほうがおいしい」と不満に思うかもしれない。普通の基準が高いと、結婚したときに相手に同じような食生活を求めたり、がんばり過ぎて自分の首を絞める可能性もある。

食べ物に限らず生活のレベル、世の中や相手に対する期待は低めに設定しておくと、あらゆる場面で幸せを感じやすい。一生いいものを口にしないのは味気ないが、普段はそこまで頑張らなくてもいいのだ。

と、できない自分に言い訳をしている。手を抜くことに罪悪感がある人は、子どもの将来のためだと考えることをオススメします（笑）。

あえるだけ！
クリーミー明太子パスタ

どんな明太子でもおいしい！

フライパンなしで完成！
牛乳を加えるとパサつかず最後までおいしくいただけます

材料（2人分）

辛子明太子（またはたらこ）…………2本
スパゲティ ……………………………………200g
A
- マヨネーズ、牛乳………各大さじ4
- バター（またはマーガリン）….20g
- めんつゆ（2倍濃縮）……… 大さじ2
- 顆粒和風だしの素………… 小さじ2
- レモン汁（好みで）……. 小さじ1/2

もみのり（好みで）………………………… 適量

作り方

❶明太子は皮を外してAとともにボウルに入れる。
❷スパゲティは袋の表示どおりにゆでる。ザルに上げて水気をきり、①に加えてよく混ぜる。
❸器に盛り、もみのりをのせる。

緑色の服と母

緑色の服が流行《はや》っている。挑戦しやすいくすんだ緑もあれば、パキッと鮮やかな緑のパンツをはきこなす人もいる。まったく興味のなかった色や、「袖どないなってんねん」「勇者か」「縄文人か」というような服でも、流行るとオシャレに見えてくるから不思議なものだ。だが私は幼い頃から「緑色の服はアカン」と母に刷り込まれてきたせいで、緑の服だけは手を出すのを躊躇してしまう。

母は昔からオシャレだ。いまだ週五の現役で働いているが、本社オフィスに母しかいない一人きりの職場という特殊な環境にもかかわらず、1週間のうち、同じ服で出勤することがない。服とカバンと靴の数はとんでもなく（だいぶ手放したようだが）、物持ちもよく、流行りもそこそこ取り入れるほうだ。だが緑色の服だけは忌み嫌っていた。母の美的感覚では緑の服は肌に合わないらしい…と思っていたら、緑色の服を着ていたときにひったくりに遭ったからだと大人になって知ったときは全力の「知らんがな」が出た。

母はその日、会社帰りに銀行でお金をおろし、封筒に数十万入れていた状態で家までの道を歩いていたら、後ろからきた男にカバンをひったくられ、戻ってこなかった。警察に行ったら本当にそんなに持っていたのか疑われ、なぜか母が責められ、泣かされた（この件から母は警察のことも嫌っている）。そのときに着ていた服が緑色だったらしい。

母は数年後、再度ひったくりに遭っている。2回目は私もよく覚えているが、相手は自転車に乗った17歳の少年だった。母はとっさにカバンの紐を強くつかんだことで引きずられ、ケガをし、最終的に紐だけちぎれ、財布やカバンは持って行かれた。その日の服の色、これがまた、覚えていないらしい。

いや緑ちゃうんかい!!

仮に2回とも緑の服を着用してたとしてもまだ「偶然ちゃう?」言おう思たけど、なんと2回ちゅう1回て、ほんまになんでもなさ過ぎるやろ!

それでも母は「いや、緑の服はいいことない」と言い張る。ひったくり以外に緑の服の着用時におきたアンラッキーエピソードを聞いてみた。母「特にないねんけどね」。

どないやねん。

母は2回目の犯人の少年と、その後仲よくなっている。彼は友達の父親に脅され、断れずに犯行に及んだそうで、母は同情していた。「ほんまはいい子なんよ」…いい子が赤の他人のお金を盗んで引きずるか？ とは思ったが、少年は母に手紙で謝りたいと自ら申し出、少年院を通じて文通をしたり、母から相田みつをさんの詩集や本を送ったり、色々とやりとりを重ねていた。少年院を出るとき、「ここから先は本当のお母さんの邪魔になるから」と母から連絡を取らなくなり、そこから先はわからない。

彼は元気にしているのだろうか。緑色の服を見ると思い出す。

ブロッコリーの
ガーリックオイル蒸し

ゆでずにフライパン１つで作れる！
くたっとやわらかめが個人的に好きです

材料（4人分）

ブロッコリー……1個
ベーコン……2枚
にんにく……1かけ
オリーブオイル……大さじ2
塩、こしょう、粗びきこしょう（黒・好みで）……各適量

作り方

❶ブロッコリーは小房に分ける。ベーコンは1cm幅に、にんにくは粗みじんに切る。
❷フライパンにオリーブオイル大さじ1、にんにく、ベーコンを入れて弱火にかけ、香りが立ったらブロッコリーを生のまま入れ、塩少しをふる。全体に焼き色がついたら水大さじ2（分量外）を加え、フタをしてブロッコリーがやわらかくなるまで蒸し焼きにする。
❸残りのオイルを加え、塩、こしょうで味をととのえて器に盛り、粗びきこしょうをふる。

息子とよだれかけ

イヤイヤ期真っ盛りの息子がいる。彼は朝起きて夜寝るまで、ジュースを飲むこと、おやつを食べること以外のおおよそすべてのことが気に入らない。朝起きるのも、着替えるのも、オムツを替えるのも、食卓につくのも、食べこぼしをキャッチする固めの食事用エプロンを首に巻くのも、食パンを食べるのも、口を途中でふくのも、食卓からおりるのも、手を洗うのも、靴を履くのも自転車に乗るのもヘルメットをつけるのも保育園に行くのも何もかもが不本意なようだ。

そんな彼だが、自ら積極的に行うことがある。それは、首元に巻くよだれかけ…スタイをつけることだ。着替えはあんなに逃げまどい、追いかけ回して羽交い絞めにしているのに、よだれかけの着用だけはいっさい嫌がらない。むしろ自らこちらに来て静止し、首を少し上げ、協力さえしてくれる。彼はよだれかけをオシャレだと思っているのだ。

よだれかけは赤ん坊の頃から全然必要のない子もいるし、わが子のように「なんぼあってもいいですからね」という子もいる。わが子、特に長女と息子のよだれはとどまる

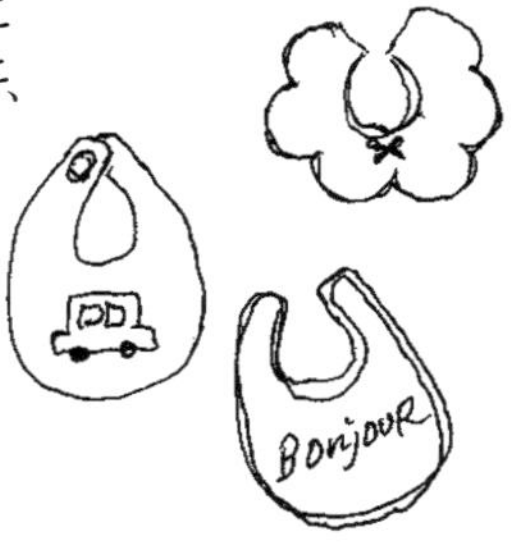

ことを知らず、長女は2歳以降までつけていた。よだれが止まったから外したわけではない。一向に止まらないので、オムツを外す時のように先によだれかけを外し、ビショビショで冷たい状態を長時間味わわせるという形にしたのだ。するとある日、よだれは際限なく外に垂れ流すものではなく、自らの口にとどめて飲み込むものだと覚えたようで、パッタリ止まった。もちろん、つけ続けていても止まったのだろうが、当時は1人目というのもあり「2歳　よだれ　止まらない」「よだれかけ　いつまで」など検索してちょっと心配していたのを覚えている。

息子も犬かと思うぐらい、1時間もせず下の服までビショビショになる。口元の緩さ半端ない。出産祝いで頂いたマールマールの高級よだれかけから、とにかく安くてたくさん入った西松屋のよだれかけ、ネタでもらうような文字入りのもの、バンダナ柄や牛柄…一日じゅう首元のオシャレが止まらない。服との相性など気にしてられず、柄×柄は基本やし、底を尽きるとタオルを巻き始める。赤子の頃は首元によだれかけを回した瞬間ハイハイで逃げていったので、首がしまるのではないかとヒヤヒヤしながら高速でスナップを留めていた。

日に何度も替えるので、こうも毎回嫌がられると大変である。

なので言葉が通じるようになった時期に、よだれかけのことを「カッコいいやつ」と呼ぶようにしてみた。毎回「カッコいいやつつけるで〜」と誘い、つけた瞬間「おっ！カッコいいやん」と称賛していたら、いつからか、まんざらでもない様子になった。彼は帽子も大好きで、家を出る際は「ぼおしー。ぼおしー」と探し回り、かぶって鏡で見とれているのだが、最近は帽子とセットでよだれかけを自ら持ってきて、私につけるよう指示するまでになってしまった。上の女子2人が頭に何かつけようもんなら高速でぶん投げるタイプだったため、これはラクだしありがたい。

でももう2歳。息子は身長が高いので、パッと見、3歳児くらいに見える。よだれかけが似合わなくなってきた。ほんで今までロゴ的な感覚で気にもとめてなかったけど、いつも使ってるよだれかけ、「Bonjour」って書いてあるわ。ボンジュール。知らん間にデコルテからフランスの方にあいさつしてたわ。よだれも徐々に減ってきたし、お気に召しているところ申しわけないが、そろそろオルボワール※である。

※Au revoir。フランス語の別れのあいさつ

クロックムッシュ

フランスのカフェの代表料理

ホワイトソースはレンチンで簡単！
多少のダマは気にせずに笑

材料（4人分）

食パン（10枚切り）……8枚
バター（またはマーガリン）……20g
小麦粉……大さじ3
牛乳……400㎖
顆粒コンソメスープの素……小さじ1
塩、こしょう……各少し
ハム……8枚
溶けるスライスチーズ……4枚
ピザ用チーズ、粗びきこしょう（黒・好みで）……各適量

作り方

❶大きめの耐熱ボウルにバターと小麦粉を入れ、ラップをかけずに電子レンジ（600W）で1分加熱し、泡立て器でよく混ぜる。牛乳を少しずつ加えて溶きのばし、コンソメを加え、再びラップをかけずに4分加熱する（まだシャバシャバです）。よく混ぜ、再び同様に3分加熱し、よく混ぜる。これをあと2〜3回繰り返してとろみがついたら塩、こしょうで味をととのえる。

❷食パンに①を薄く塗り、真ん中にハムを1枚、4すみに十字に切ったハム1枚分、チーズの順にのせ、パンではさむ。表面にさらに①を塗りピザ用チーズをのせる。同様に4個作る。

❸オーブントースター（1000W）でこんがりするまで5〜6分焼き、粗びきこしょうをふる。

紫外線との戦い

「ゆり海行った?」夏になると必ずのように聞かれる質問だ。今年は7月の時点で「土日プール行った?」と聞かれた。いえ、土日はほぼ家にいました。

海やプールには私そっくりの人間、ドッペルゲンガーがいるということではない。単純に私が日焼けしやすいのだ。ちょっと子どもを保育園に送迎したり公園で遊んだだけで、沖縄でバカンスを過ごしたかのごとく焼けている。紫外線を瞬時に吸収する能力に非常に長けており、スピーディーにムラなくこんがり焼きあがる。もうバルミューダだ。トースターとして生まれれば良かった。おかげでシワとシミが非常に多い。

紫外線対策を怠っていたのでは?と聞かれたら、それはもう、そう。それは、そう。日やけ止めはだいたい塗り忘れるし、帽子もかぶり忘れるし、肝斑を薄くするために皮膚科でもらった錠剤さえも飲み忘れる。朝昼晩、1日3回飲むというのがハードル高過ぎたため、皮膚科で「飲み忘れるんですけど」と知らんがな必至の愚痴をこぼしたら「胃が痛くなるとかじゃなかったら3回分まとめて飲んでもいいですよ」と言われて驚いた。え！　いいんですか！　じゃあそうします！……ってそこまで譲歩してもらったにもかかわらず、その1回さえ飲み忘れるクズ野郎。

なにより家の中の対策はザルに等しかった。1日の大半を過ごすパソコンの席は、夕方になると西日がピッカ――ンと入って顔面を照らすため、目を細めつつ作業。寝室のベッドの頭上にある窓のカーテンは絶妙に短く、毎朝顔面に日の光をサンサンと浴び、その明るさで目覚めるという美容業界の方が聞いたらヒェエと卒倒しそうな生活を9年ほど続けていた。

これはまずいと去年から、ベッドの頭上のカーテンと窓の隙間にガムテープを貼って留めてみた。横からの光も危ないと、寝室じゅうの窓に貼りまくった。もう犯罪者の家だ。そして春には日傘も購入してみた。だがもう8月にして一度も開いていない。なんというか、邪魔過ぎる。子連れのときは言わずもがな、一人でも片手ふさがるのストレスやし、自転車では危ないし（ていうか違法やし）、ちょっと歩くぐらいで開いたり閉じたりするの面倒やし、開くタイミングがない。日傘とうまくつき合えない。

そしてもう夏が終わる。来年も同じ戦いを繰り返すのだろう。

アツアツとろり*
焼きバナナデザート

トースターで簡単おやつ！

とろーり溶けたアイスがたまらない。
トッピングはチョコシロップでもおいしい！

材料（4人分）

バナナ……………………………………4本
バニラアイス、
　インスタントコーヒー、
　ミックスナッツ………………各適量

作り方

❶バナナはヘタを短く切り（焦げやすいんで）、皮ごとオーブントースター（1000W）に入れ、5〜10分焼く。

❷上半分の皮をむいてバニラアイス、砕いたナッツをのせ、インスタントコーヒーをふる。

これだけは守っていること

「10月2週目　ＥＳＳＥさん撮影／キッコーマンさん10品新規／パスコさん今週中…」

…今パソコンの横にあるメモの一部だ。

新卒時代、求人広告の会社で飛び込み営業をしていた。一応「広告代理店」というカテゴリーなのだが、９～18時の就業時間は外回りの営業をし、会社に戻ればそこから受注してきた広告を制作。ほとんど毎日22時～終電で帰宅するという体力勝負の会社だ（いや、売り上げさえ上げられたら早く帰ってもいいんですけどね）。

私は大阪の堺東駅～南海堺駅、ＪＲ堺市駅あたりが担当で、自転車で北へ南へ東へ西へと走り回っていた。みな夏は真っ黒に日焼けし、色黒の先輩などは上司に「歯しか見えん」「歯だけ出社してる」と言われていた。私は「メスゴリラ」と呼ばれ、髪をふり乱して働いていた時代だ（理由は忘れたが１ミリも嫌ではなかったし、営業所に女性の営業が私一人という状況のなか、変に気も使われず、いじってもらえてむしろ嬉しかった。もちろん今ではアウトだろうが）。

入社１年を過ぎた頃、ある不動産会社に飛び込もうとしていたら、「そこの社長、昼間はおらんで」と声をかけてくれた人がいた。隣のヒビヤデザインオフィス（仮）という建築事務所の社長だった。そこから話がはずみ、この先、忙しくなれば求人も視野にいれていると聞けたので、近くを通る際は挨拶にまわるようになった。社長は気さくで、いつ訪ねても温かく迎えてくれ、会社のことや趣味の話など色々教えてくれた。

ただ何か月経っても求人の具体的な話は進まない。上司にも「この会社、お前のヨミ表に半年以上書いてあるけど、いつ受注すんねん」と言われ、このまま流れる可能性も見えてきたため、アタ原を作ることにした。アタ原とはアタック原稿の略で、もし求人を出すとしたらこんな広告はどうですか？と、こちらから提案する原稿だ。会社の紹介や社長の思いも盛り込むため、気に入ってもらえると受注につながる。社長も乗り気で提案の時間を作ってくださり、何日もかけて長文のＷｅｂ広告を作成した。きっと気に入ってもらえるだろう。いざクリアファイルから印刷した原稿を出そうとしたときだ。

「山本、それはないわ」

これまでとは明らかにトーンが違う、怒りがにじんだ声。とっさのことに反応できないでいると、社長は私のファイルに貼ってある『ヒビヤ』のふせんを指さした。社名をペンで走り書きしたものだ。社長の名前は日比谷だった。

「裏で呼び捨てにしてるんか？」

まさかである。何も考えていなかった。社名がカタカナだったのもあり、社長の名前とイコールであることさえ頭から抜けていた。

「大変失礼致しました！　本当に申し訳ございません!!」

「これはアカンで。普段なんぼいい顔してても、こういうとこに出るからな」

もう原稿どころではない。半泣きで平謝りする私に、「俺もじつは若い頃に同じミスしたことあんねん」と社長は続けた。

「どんなに急いでても敬称はつけろ。たとえ自分しか見ないメモでもメールフォルダでもや。カレンダーでも、たまたま家にきた人が見るかもしれん。ケータイも手帳も、落としてだれかが拾うかもしれん。どこで見られるかわからんねん。忙しいのはわかる。でも、１秒もかからんやろ？　その１秒を惜しんで信用を一気になくすこともあるんやで」

あれから12年。密着取材や不意の訪問時など、この教訓に何度も助けられた。結局最後まで受注はできなかったが、あのとき叱ってくれた社長にお礼が言いたい。

にんじんさんと
じゃがいもさんのガレット

食材にも敬称は忘れず！

焼き始めはバラバラで「絶対まとまらんやん」と思いますが、焼くとくっつきます！

材料（4人分）

にんじん……小1本（100g）
じゃがいも……2個（250g）
ベーコン……2枚
A 片栗粉……大さじ3
　ピザ用チーズ……50g
　塩、こしょう……各少し
サラダ油……適量

作り方

❶にんじん、じゃがいもは細切りにする（水にはさらさない）。ベーコンは粗みじんに切る。
❷ボウルに①とAを混ぜる。
❸フライパンにサラダ油を多めにひいて②を入れ、全体に広げる。フタをして弱めの中火（ほとんど弱火）にし、じゃがいもが透きとおるまで5分ほど焼く。2枚のヘラでホッ！ と裏返し、油を少したして3分ほど焼く。

次女のオシャレ事情

わが家でもっともオシャレ好きなのは小学1年生の次女である。服装にあまり頓着のない長女と違い、服と髪型のことで頭のほとんどが埋まっている。休みの日にはなぜか2〜3回着替えているし、ネイル、メイク、アクセサリーが大好きで、こだわりもかなり強い。ブーツが履きたい、カチューシャつけたい、大人っぽい服が欲しい、肩出ししか着たくない、髪の毛は常におろしていたい、髪の毛ちょっとボコッとなってるから学校行けない、首からぶら下げるためだけにケータイを買ってほしいｅｔｃ．…要望が止まらない。小学校に入学してからとくに顕著で、朝から服を何着も引っぱり出して組み合わせを考え「着る服がない！」と拗ねて下着姿で座っていたり（なんぼでもあるわ！）、上下まさかの組み合わせで登場してくることもしばしば。ついこの間まで気に入っていた服も、ひとたび飽きれば絶対に着ない。「今日はズボンのほうがいいんちゃう？」とか「それは寒いで」など助言しても断固として聞かず、朝から喧嘩になる。

だれに似たのか…と思うが、おそらく私だ。趣味はまったく違えど、幼い頃は真冬にコートを嫌がったり、スカートやブラウスを拒否したり、幼稚園で消防士の服を着て写真を撮るのを拒んだり、劇の衣装を嫌がったりなど、着たくない服を着せられることへの拒否感がすごくて親をよく困らせた。私の時代にもしキッザニアがあったら、どの職業にもつかずに不貞腐れ、大人たちを悩ませていただろう。

だから気持ちはわかるのだが、ある程度は教えたほうがいいと思い「赤とピンクの組み合わせはかわいらし過ぎるからジーパンのほうがいいんちゃう？ ランドセルもピンクやし」とか「柄がある服は上か下かのどっちかにしとき」など助言したりしたが、すべてをかいくぐって新たなパターンの組み合わせで登場したりする。（おお…真っ赤なスカートに黄色と青のTシャツに紫の靴下……！）

しかし全身柄物や、色を使いまくりの服装がNGなのは私の勝手な好みだ。私が母から「服は3色以内に収めたほうがいい」と教えられたのもあり正解のように感じていたが、そもそもファッションに正解などない。パリコレのファッションショーでも「誰がどこで着んねん」というものはザラだ。もうオシャレをとおり越して仮装大賞みたいな、街中で会えば職務質問必至のようなものまであるし、ついには「それは服と呼べるのか」「服の定義なんやっけ」みたいな、アートというか『概念』をまとっているようなものまである（『パリコレ 奇抜』でぜひ画像検索してみてほしい）。

そう考えると、本人がご機嫌で学校に行けるならそれが一番であろう。周りも人の服などそこまで気にしていない時期だろうし、個人のセンスに合わせ、あまり口を出さないようにしよう。

と思っていたら、気温35度超えの真夏日。冬素材の裏にモコモコがついた厚手の短パンをタンスの奥の奥から引っぱり出して着用し、膝上まである靴下をはいて出ていこうとしていた。さすがに「死ぬで」言うたわ。

長いもと鶏ももの照り焼き

次女はマヨネーズをかけて
食べるのが好きです

**フライパンに入らなければ半量ずつ作ってください
（たぶん入らないです）**

材料（4人分）

長いも……400g
鶏もも肉……2枚
塩、こしょう……各少し
片栗粉、サラダ油、万能ねぎ
（小口切り・好みで）……各適量
A 砂糖……大さじ1と1/2
しょうゆ、みりん、酒
……各大さじ3

作り方

❶長いもは皮をむいて8㎜厚さの半月切りにする。鶏肉はひと口大に切って塩、こしょうをふり、片栗粉を薄くまぶす。Aは合わせておく。
❷フライパンにサラダ油を中火で熱して鶏肉の皮目を下にして入れ、こんがりしたら裏返す。弱～中火にし、あいているところに長いもを入れ、両面こんがりと焼く。
❸鶏肉に火がとおったらAを入れてからめる。器に盛り、万能ねぎをのせる。

ひたひたまで注いで
コトコト煮詰めた話

2023

そろそろお別れの時間です

2023

ギリギリ野郎の人間ドック

人間ドックに行った。気になる症状があったわけではないが、会社で健康診断を受けなければいけない幼馴染のはまざきまいに「タイミング合えば一緒に行かん?」と誘われたのだ。

30代後半、一度くまなく調べてもらいたい。会社での期限は9月30日だという。そのときはまだ6月だったが、私たちの性格上、早めに予約をしないと期限が過ぎることは自覚していた。『明日やろうは馬鹿野郎』はまさに我々。昔から何をするにもギリギリまで腰が上がらない。私のiPhoneは7だが、今週末には買い換えよう、来月には買い換えよう…を重ねて4年、ついにサポートがきれた（のにまだ使っている）。スタバのギフトカードは有効期限が半年もあるのに2度も切らしたし、ふるさと納税はいつも12月31日に慌てて参加する。まいは車の教習所の検定を最終期限の1日前まで予約せず危うくお金をドブに捨てかけたし、引き出物のカタログギフトを一度も頼めたことがない（放置し続けていたら、ある日突然、大きいお皿が1枚ドーンと届き、重宝しているらしい）。

「はよ決めな予約埋まるな」…言うてる間に7月になった。「ほんまはよ探さな」「ほんまに」…8月になった。「今日こそ決めよ」「帰るまでに！！」…何も決めず別れた。8月20日が過ぎ、ついにお尻に火がつき、なんとか1件予約がとれてホッとした。

検査当日。まずは問診票を書き、尿を取り、身体測定、血圧測定を行った。次は視力検査だ。私は運動神経が悪く、姿勢も悪く、貧乳&なで肩、歯並びガタガタ、かかともスネもガサガサなど身体の欠点をあげればキリがないが、目だけはいい。幼少期は暗がりで本を読み、ファミコンをしまくり、大人になるとパソコン三昧、寝落ち寸前までスマホを触る日々において、両目裸眼で1・5をキープしている。視力検査は唯一輝ける舞台であり、「よく見えますね」など言われると地味に嬉しい。

この日も余裕で答えていたが、最終関門でまさかの事態がおきた。

見えないかもしれない…‼

これまでも別にハッキリと見えていたわけではないが、上下左右、かすかに隙間は感じ取れた。だが今回はどれだけ目をこらしてもボヤボヤである。まさかそんなはずは…あ〜最近ちゃんと寝てなかったしな〜（言い訳のしかたカッコつけの小学生か）。再度落ち着いてのぞく。◯の形がボヤッと浮かんでいる。上…？ いや、下があいている気もする。左かもしれない。右の可能性も捨てきれない。隙間が移動した？ そんな馬鹿な。集中だ…よく見ろ…心の目だ…心の目を開け…。見えないものを見ようとして筒の中をのぞき込む。静寂を切り裂いていくつもときが流れる……オーイエー アハーン…もはや目は閉じていた。

「右です」

看護師さんは「ピンポン」も「ブッブー」も言ってくれず、静かに「左1・2」と走り書きした。ガーン。36年で初めて0・3の視力失ったガーン。

でも私はまだ諦めてはいない。リベンジだ。2023年は定期的にブルーベリーを摂取し、前日はすみやかに就寝。万全の眼球コンディションで検査に臨む所存である。

その後、エックス線や心電図、肺活量や筋肉量の検査を終え、最後は胃カメラだ。実はこの病院を選んだ理由は、胃カメラに鎮静剤を使ってもらえるからだった。鼻から入れるのも口から入れるのも怖過ぎてこれまで踏み切れなかったが、ここでは眠っている間に終わらせてもらえるらしい。

まずは喉の麻酔のため、茶色い氷を渡された。コーヒー味の氷なのだが、冷たいので苦味や味をあまり感じず、ちょっとおいしくさえある。できるだけゆっくり喉の奥で溶かすように舐め、溶けた液を飲み込むうちに麻酔が効くシステムらしい。なんとなく喉が腫れたような、ボヤボヤするような不思議な感覚になったところで名前を呼ばれた。

「山本さーん」え？ 私？ アレ？ ここはどこ？（そんな効かんわ）

ベッドに右を下にして横になり、腕を差し出す。鎮静剤の針を刺すついでに採血もしてくれるシステムらしい。注射は昔は苦手だったが、妊娠すると毎月のように採血があるため、もはや慣れっこでなんの恐怖もない。むしろワクワクしていた。眠らされるというのはどんな感覚だろう。少しずつトロンとしてくるのか、突然バタンと眠くなるのか。もし必死で抵抗したら起きていられるのだろうか。絶対寝んとこ。（困るの私や）

採血が終わり、鎮静剤が投与される。いよいよだ。何秒耐えられるか数え「終わりましたよ～」は⁉ え⁉ いつ寝た⁉ え⁉ うそやろ？

時計をみたらまさかの30分ほど経過しており、狐につままれたような、プチ浦島太郎のような気分である。実はなんもやってないんちゃうんと思うぐらい、喉にも胃にも何の違和感もなく、深く昼寝したため無駄に元気だ。一足先に起きて待合室にいたまいが、キョトン顔で戻る私に「同じく」と笑って頷いた。

「次こそは眠る境目を知りたい」「来年はギリギリまで意識保とうな」……35を超えてるとは思えない誓いを交わし、爆笑して家路に就く。年を取ると健康や病院の話ばかりになるというが、案外面白いのかもしれない。ちなみに検査結果は良好でした。

とろとろ卵とほうれんそうのあんかけ豆腐

健康診断の前日・
体調不良のときにもオススメ

栄養満点のやさしい味わい。
仕上げにゴマ油をたらすとよりおいしい！

材料（4人分）

ほうれんそう……………………4株
豆腐（絹ごし）……………………600g
（3段重ねで売っているもの4個）
A　水……………………………450mℓ
　　顆粒和風だしの素、
　　　しょうゆ…………各小さじ2
　　顆粒鶏ガラスープの素
　　　……………………………大さじ1
　　みりん……………………大さじ2
溶き卵……………………………1個分
塩……………………………………少し
B　片栗粉…………大さじ1と1/2
　　水…………………………大さじ4

作り方

❶ほうれんそうはゆでて食べやすい長さに切っておく。

❷フライパンか鍋にAを入れて火にかけ、沸騰したら火を止め、合わせたBをゴムベラでよく混ぜながら加える。再び火にかけてよく混ぜ、とろみがついたら強火にし、溶き卵を細く回し入れる。①のほうれんそうも加えて混ぜ、塩で味をととのえる。

❸豆腐の1/4量を耐熱性の器に入れ、ふわっとラップをかけ電子レンジ（600W）に1つずつ入れて各1分30秒ずつ加熱し、②をかける。

乳がん検診の恥じらい

先月人間ドックの話を書いたところだが、この勢いを逃すとまた数年行かないだろうと思い、人生で初めて乳がん検診も予約した。いざ動き出すとネットで10分もかからない。食事制限もなにもなく、近場の病院にシャッと行って2時間ほどで終了。もっと早く受ければよかったと拍子抜けする手軽さだ。

さて、乳がん検診といえばマンモグラフィーである。痛いと噂《うわさ》されているため軽く緊張しつつ、カーテンで仕切られた小さい試着室のような空間に入った。

「上を全部脱いでロッカーに入れて、これを着て、隣の部屋に入ってください」

優しい看護師さんに言われるまま、渡された短い手術着のような服を羽織る。紐が2本ついているのだが、いわゆる〝はっぴ〟、はんてんのような形だ。紐を結んでも中心があいている。え？と一瞬戸惑った。

見えてるやん。首元から腹部まで中心5㎝ぐらい丸見えやん。

若干恥ずかしかったが、女性しかいないというのもあるし、胸をサッと出せるような配慮なのだろう。裸にはっぴという己の姿に軽い変態味を感じながらドアをあけると、もうマンモの機械があった。看護師さんは私をチラッと見て「では上を脱いでください」と指示した。いや着る意味あったんかい。ドアの開閉の間に羽織るだけ、ほぼ中心見えてもーてるし、裸のまま行ってもよかったやん。

機械にぴったり体を寄せ、「貧乳なんですけど挟めますかね」と大阪の貧乳おばちゃん10人に5人が言いそうな軽口をたたき、いざ挟まれた。ギウウウウ…

わずかな胸がこれでもかとつぶされ、せんべいのようにぺたんこになっていく。あまりに小さいため脇からもっていかれる勢いだ。アダダダダ…声が…声が漏れる…これ以上挟むともう…！というところで終了。危なかった。向きを変え、ネクストせんべい。毎回あと1秒で声が出るというところで終わるからすごい。人間の限界をわかって設定しているのだろうか。

無事に両胸が終わり、次はエコー検査だ。

「では先ほどの上着をしっかり着ていただいて、待合室でお待ちください」

え！　この格好で待合室まで出るんや。乳首は見えてないとはいえ、おへそとか中心ガッツリ見えてる状態で出て行っていいもんなん？　大丈夫？　ていうか「しっかり着る」てなに？　しっかりも適当もなくない？

私の戸惑いに気づいたのだろう。看護師さんが言った。

「脇の紐に結んでくださいね」

節子、コレはっぴやない。作務衣や。

考えてみたら手術着って全部このタイプやん。絶対看護師さん笑いこらえたやん。

脇の下の紐をかたくかたくかたく締め、待合室に向かう私の顔は、はさまれた胸より赤かった。今後は別の病院を探さなければ。

食べやすい!
ぺたんこチキン

全力でギュウギュウ押さえて焼いて

**皮をカリカリに仕上げたいので、フタはせず焼きます。
2種類のたれでどうぞ**

材料（4人分）

鶏もも肉……………………………2枚
塩……………………………小さじ1弱
こしょう……………………………適量
片栗粉、サラダ油……………各適量
A｜ポン酢しょうゆ………大さじ2
｜砂糖……………………小さじ1/2
｜いりゴマ（白）、ラー油
｜……………………………各少し
B｜マヨネーズ……………大さじ2
｜めんつゆ（2倍濃縮）
｜……………………………大さじ1/2
水菜（ざく切り・好みで）、
ゆずこしょう（好みで）…各適量

作り方

❶鶏肉は筋を切り、ラップをかぶせてめん棒などでバンバンたたいてできる限り薄くのばし、塩、こしょうをふり、皮目に片栗粉を薄くまぶす。

❷フライパンにサラダ油を熱して①を皮目を下にして1枚入れる。ときどきフライ返しでギュウッと押さえながら3〜4分焼き、こんがりしたら裏返し、また押さえながら3〜4分焼く。残りも同様に焼く。

❸4㎝角くらいに切って器に盛り、合わせたAとB、水菜、ゆずこしょうを添える。

料理の素朴な疑問

仕事柄、料理について説明する機会が多い。「じゃがいもは冷めてからつぶすと粘りが出ます」とか「砂糖を先に入れると甘味がしっかり入ります」とか。今のはデンプンやペクチンの関係、砂糖の粒子の大きさといった科学的根拠に加え、実感としても正しいと思うのだが、ときどき「ほんまか?」と疑ってしまうこともある。たとえば

「最初にお肉をこんがり焼き固めてうま味をとじこめます」

よく聞くフレーズだ。焼いてる途中に「先生、焼くことでうま味をとじこめるんですね?」とか言われると、先生でもなんでもないけど流れで「はい」と言ってしまう。でも果たして本当にうま味はとじこめられているのだろうか?

たしかに焼くと周りがかたくなり壁っぽくなるから、イメージとしてうま味はとじこもりそうだ。でも、そもそも「うま味が逃げる」ってなに? ハンバーグなんかは肉汁とともにうま味が流れ出てしまうのはわかる気がする。でも煮込み料理の場合、全方位

スープやん。どこへ行こうというのだね。仮に逃げたとしてもうま味スープにおらん？お肉から一歩でも外出たらアウトなルール？

実際、焼いたほうがおいしいから、焼くことに意味がないとは思っていない。香ばしさを加える目的ならわかる。煮くずれを防ぐ目的もわかる。でもうま味に関しては、焼こうが焼くまいがジワジワしみ出していきそうな気がしてならない。そして煮込めば「お肉がスープのうま味を吸っておいしくなります」なんで吸えるのに出ていかへんねん。そんな一方通行、取り込むだけのシステムおかしいやろ。ほんで香味野菜やベーコンなんかは「じっくり炒めてうま味を引き出す」これに関しては「ほんまに引き出されてるか？」とは思わんけど（炒めたら油に味も移るし）、そっちは引き出すのに、かたまり肉だけなんでとじこめられるん？

いろいろ思うことはあるが、科学者のように「お肉のうま味成分イノシン酸がスープにこれだけ増えてますね」とか実験して証明できない。ていうか誰も気にしてない気もする。味のよしあしは主観や好みだ。「雑味が出る」も「複雑な味を生み出す」と言い換えれば長所になり、「雑味がない」も「単調な味」と言えば欠点になる就職活動のようなところがあるから、「うま味がとじこめられている」と思って食べたらおいしく感じる、プラシーボ効果の意味合いもあるのかもしれない。

「煮物は冷ますことで味が入る」というのも、温度変化が…浸透圧が…などよく説明されていたが、最近は同じ時間なら、温かい温度で煮続けるほうが味が早く染みることがわかっている。ただ人間の舌は冷めた時のほうが塩分が濃く感じやすいというのに加え、煮続けると食材が柔らかくなり過ぎるため、火を切って放置しながら味を染みこませるのが最善なのだ。

食材も然り。昔はレモンを皮ごと使う時は必ず国産のものをと言われていたが、輸入レモンに使われる防カビ材やワックスも、今は皮ごと食べる想定で基準値を設定されているという。マーガリンのトランス脂肪酸の量はバターより少なくなっているものも多いし、卵のサルモネラ菌汚染率は現在は約0・003%。10万個に3個の割合まで減っているそうだ。

料理も日進月歩、昔の常識が今の非常識ということもある。知識として知っている、昔から言われている、みんなそう言ってる、とかではなく、自分で実際に食べ比べ、調べ、いつもたしかな納得をもって伝えていきたい。そして理屈ではない「おいしい！」を、何より大事にしたいと思う。

鶏とキャベツの塩スープ

最初にこんがり焼きつけるのがポイント！

**にんにくはチューブでも、苦手ならしょうがでも
（風味全然違うやないか）**

材料（4人分）

鶏もも肉……………………大1枚（350g）
キャベツ…………………1/4個（約300g）
玉ねぎ………………………………………1個
にんにく………………………………2かけ
オリーブオイル（またはサラダ油）
……………………………………大さじ1
A 水…………………………………800mℓ
塩………………………………小さじ1
固形コンソメスープの素……1個
塩、こしょう………………………各少し
粗びきこしょう（黒・好みで）……少し

作り方

❶キャベツはざく切り、玉ねぎは1cm幅に切る。にんにくは薄切りに、鶏肉は大きめのひと口大に切る。
❷フライパンにオリーブオイルを中火で熱して鶏肉を入れ、全面こんがり焼き色をつける。あいているところに玉ねぎ、キャベツ、にんにくを入れて炒め、**A**を入れてフタをし、中火で10分ほど煮る（水が減り過ぎていたらたす）。
❸塩、こしょうで味をととのえて器に盛り、粗びきこしょうをふる。

財布へのこだわり

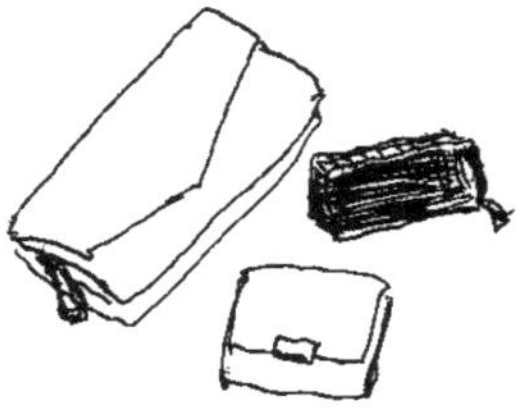

物持ちがいいタイプだ。ケータイも壊れるまで替えないし、靴もすりきれるまで履き続けるし、ファミコンもゲームボーイもいまだに置いてある。まるで物をとても大切に扱っているみたいだが、そこは全くである。めちゃくちゃ雑に扱うし、めちゃくちゃ失くす（今年に入ってまだ１か月だがＩＣカードを２回、切符を１回、スマホを１回落としている）。ただ貧乏性なのと、面倒くさがりなのと、新しい物に興味がないだけだ。

特に無頓着なのが財布である。財布は壊れた時と人からもらった時以外、替えたことがない。使っていると愛着が湧くから…とかではなく新しいのをもらったら一瞬で入れ替える薄情さはあるのだが、自分でわざわざ買いたいと思うほど財布に興味がないのだ。恥ずかしながら35を超えてもブランド物の知識に乏しく、シャネルやプラダの財布が欲しい！などという感情を持ったことがない。まったく目が肥えておらず、皮の質感や縫い方の良し悪しもわからないため、10万円の財布と１０００円の財布で格付けチェックをされてもおそらくわからない。そもそもどういう財布がオシャレでどういう財布がダサいのか全然わからないんです（同じ理由で腕時計も何がかっこよくて何がダサいのか判断できへんし、手首で時間を見たいという理由以外に欲しいと思ったことがない）。

これが服となると別で。こだわりも多いし、どれだけ買っても欲しくなる。中学、高校とも私服だったし（高校は私服だから選んだのもある）、仕事も好きな格好で働けるのを軸に選んでいた。それがこと財布に関しては驚くほど「無」になってしまう。

記憶にある初めての財布は、小学校の頃、姉にもらった「りぼん」の付録の『ご近所物語』のものだ。そのまま中学まで使っていたところ皆につっこまれ、バスケ部の友達が、クマの顔がついた財布をプレゼントしてくれた。以降それをずっと使っていたため、高1の時、バスケ部のみんながまた素敵な財布をプレゼントしてくれた。感動してずっと使っていたらボロボロになり、母がまた別の財布をくれた。いつも見かねた誰かがプレゼントしてくれるシステムだ。

こんなふうだから、もちろん人の財布に目がいくこともないし、誰がどんな財布を使っているか気にしたことがない。ついには今自分が使ってる財布のブランドさえもわからなくなった。「財布どこの使ってる?・」と聞かれ「コーチ?・」と言って取り出したらグッチだった。「そんなことある!?」と笑われた。しかも無地にちょこっとグッチのマークが施されているとかじゃない、財布全体がグッチグッチグッチグッチグッチグッチ

グッチグッチグッチ…とロゴで埋め尽くされてるタイプやったからな。あのロゴをリボンの模様やと勘違いしてたっていうのもあんねんけど、毎日使ってるのに興味がないにもほどがあるわ（なんなら今この話を書こうとした際、コーチじゃなくて結局何やったかもう忘れてて、わざわざカバンから出して確認した）。

このグッチももう端がほつれてボロボロである。見かねた夫がプレゼントしてくれるのをひそかに待ってます。

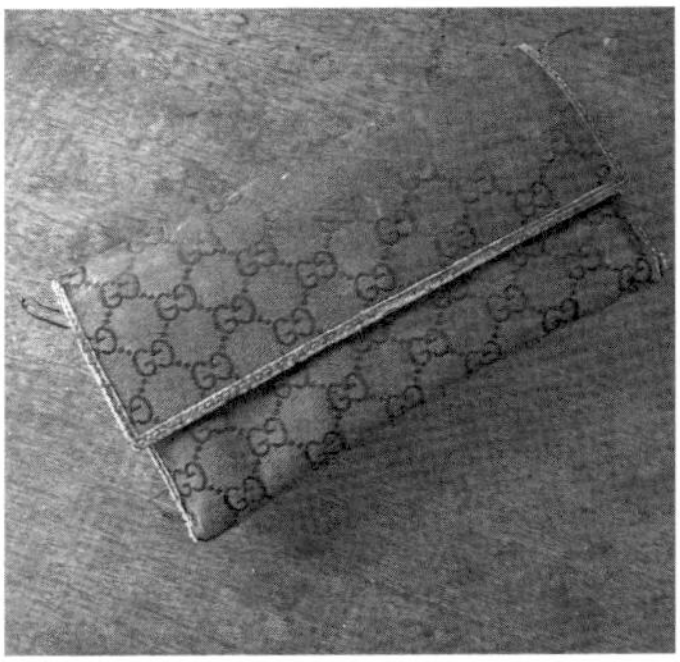

リボンの柄やと思っていたグッチ。
2025年現在も使用中です

春キャベツのせ
目玉焼きトースト

春財布ならぬ春キャベツで

**卵はトースターよりフライパンで焼いてのせたほうが結局早い！
キャベツがたっぷり食べられます**

材料（4人分）

食パン……4枚
キャベツ……5〜6枚（約250g）
卵……4個
マヨネーズ、塩、サラダ油、
ピザ用チーズ、
粗びきこしょう（黒・好みで）
……各適量

作り方

❶キャベツは細切りにし、マヨネーズであえて食パンに広げてのせる。

❷フライパンにサラダ油を熱して卵を落とし、塩をふって目玉焼きを作る。半熟状（好みのかたさより手前）で取り出して①にのせ、ピザ用チーズをのせる。

❸オーブントースター（1000W）でこんがりするまで3〜5分焼き、こしょうをふる。

近所のお祭りの話

娘2人を連れ、実家近くの神社のお祭りにいった。私が小中学生の頃、友達と毎年欠かさず足を運んだ思い出深いお祭りである。

今住んでいる地域もお祭りが盛んで、夏には毎週のように盆踊りだの納涼祭だの開かれているが、どれも自治会や保育園が主催である。輪投げなど幼い子は商品の目と鼻の先で投げてOK、多少ズレてもオマケしてもらえ、ヨーヨー釣りやくじ引き、焼き鳥もジュースも100~200円と良心的だ。

しかしこのお祭りは昔から、プロの業者が営む、やや愛想のない露店が並ぶ。「見るだけのやつは帰ってや~」と嫌味を言うくじ引き屋のおっちゃんや、輪が数ミリ台座に引っかかって浮いているだけで「ハイ残念」と無慈悲に言い放つ輪投げのおばちゃんと何度も接してきた。むしろ怖いのがスタンダードなため、「聞いて! 今日お好み焼きのおばちゃんがめっちゃ優しくてな、名前覚えてくれてん!」など楽しい記憶だけ持ち帰り、子どもながらに皆うまいことやり過ごしていたように思う。

数年ぶりに回る境内は、物価の上昇に伴いさらに値段があがっていた。長女が的当てに興味を持つ。「300点」「250点」など手書きの文字とともに提示されている豪華なオモチャの景品をもらう気満々だ。

矢を3本渡され、構えて投げた。バスッ！…矢は的の中心を少しずれ、60点のゾーンに刺さる。おお！やるやん！　2本目は端にずれ、20点。最後はど真ん中の80点！…をギリギリかすめ60点。残念！今時100均でも買えるであろうオモチャの車を「ダイチ（弟）にお土産にするわ」ともらっていた。

…あれ？でも、ど真ん中に3回刺さったとしても80点×3回で…（おっと誰かきたようだ。いや、私の勘違い？2ゲームやらないと最高点は出ない仕組み？）

お次は次女がスーパーボールすくいにロックオンされた。見本に並ぶ、50個だか100個だかすくうともらえる大きいキラキラのボールが欲しいらしい。300円（高っ）払ってポイ（すくうための網）をもらう。すると隣にいた3歳くらいの少女が、濡れた手で自分のポイに触れ、すくう前に破いてしまった。

「すみません、やる前に破いてしまったんですけど、ダメですか？」

お店の人に聞くお父さん。泣きだしそうな少女を見て、おっちゃんは言った。

「ダメやね」

人の心無さ過ぎるやろ。

ただ我々周囲の「うそやん」という空気を感じとったのか、おっちゃんは「あーもう！ ええわ！ 替えたるわ！」と非常にダルそうに新しいポイを渡し、「次絶対触ったらあかんで！」と釘を刺していた。怖いわ〜もう。手ぇ震えるわ。

その後次女はたった1回ポイを水に浸けただけで破れ、わずか2個で終わった。とんでもなく破れやすいポイだ。正攻法で50個取れる人がいたら連れてきてほしい。

心底がっかりする娘を見ると切なくて胸がキュッとなるし、もう1回やる？ と言ってやりたくなる。でも、世の中には闇がある。うまい話には裏がある。「そういうもんやねん」と言う私に、娘たちはブーブー言っていた。

卵不使用！ はしまき

おうち縁日を楽しむレシピ

西日本の屋台フードの定番
具はほぼゼロ！ 生地を楽しむおやつです

材料（5本分）

キャベツ……………………………少し

A ｛ 小麦粉…………1カップ（約110g）
　 サラダ油 ……………………大さじ1
　 顆粒和風だしの素…………小さじ1
　 水……………………………180㎖

サラダ油……………………………適量

天かす、お好み焼きソース、
マヨネーズ、青のり…………各適量

作り方

❶キャベツは細切りにする。Aを混ぜ合わせる。

❷フライパンにペーパータオルにしみ込ませたサラダ油（分量外）を塗って中火で熱し、Aの1/5量を薄く横長の楕《だ》円《えん》に広げ、①のキャベツ、天かすを少量ずつ散らす。

❸表面が乾いたら器に滑らせてのせ、割り箸にクルクル巻く。ソース、マヨネーズ、天かす、青のりをかける。残りも同様にする。

「ねぇグーグル」とのつき合い

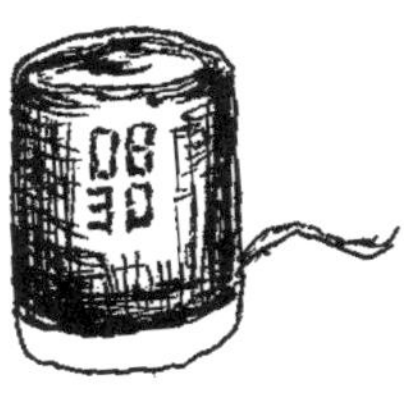

数か月前、iPhone7をついにiPhone14 Proに買い替えた。充電が驚異的な速さで減るようになり、撮影画像もブレブレ、さすがに仕事に支障をきたしまくっていたからだ。スマホのデータを移行してもらう際、店員さんが言った。

「有料のYouTubeミュージックが二重に登録されてます」

画面を見ると「サブスクリプション」という欄に

YouTubeミュージック￥1280
YouTubeミュージック￥1280

と二段にわたって書いてある。

「え！　二重に引き落とされてるんですか？」「おそらく…」「そんなことできるんですか？」「できるみたいですね…」「連絡とかこないんですか？」「こないですね」「最悪ですやん」「最悪ですね」最悪やわほんま。

「とりあえずいったん両方解約しときますね」と言われ、解約した。

わが家は台所にGoogle Homeというスマートスピーカーを置いており、YouTubeミュージックを同期させて1日の大半そこから音楽を流している。解約しても無料版で聴くことはできるのだが、曲と曲の間に陽気な外国の男女のやりとりで「YouTubeミュージックプレミアムに登録すれば最高の体験ができるわ！」「YouTubeミュージックプレミアムに登録すれば万事うまくいくぜ！」みたいな雰囲気のCMが流れるようになった。「さあ、あなたも今すぐYouTubeミュージックプレミアムに登録してもっと音楽を楽しもう！」…頻繁に色んなバージョンで流れるので結構うっとうしい。それだけではなく、アーティスト名と曲名が指定できなくなった。これまで「ねぇグーグル、スピッツの曲かけて」と言うと、「YouTubeミュージックでスピッツを再生します」と言って曲がかかっていたのが、解約した瞬間

「スピッツと似た雰囲気のステーションを再生します」

と言ってスピッツではない、しかし雰囲気が似ているアーティストの曲が数曲かかり、めぐりめぐってスピッツにたどり着くようになったのだ。何この微妙に親切なシステム。「ねぇグーグル、あいみょんの曲かけて」「あいみょんに似た雰囲気のステーションを再生します」「アジカンの曲かけて」「アジアン・カンフー・ジェネレーションに似た雰囲気のステーションを再生します」そして結構な割合で米津玄師の曲がかかる。米津玄師そんなすべての音楽の中間みたいなタイプちゃうやろ！　むしろ唯一無二系やん！

1か月ほどそれで過ごしていたのだが、やっぱり聴きたい曲がすぐ聴きたい！　という当たり前の欲望に駆られ、再度登録することにした。スマホで「支払い完了」と出た瞬間に「ねぇグーグル、ＹＯＡＳＯＢＩの曲かけて」と言ってみる。

「YouTubeミュージックでＹＯＡＳＯＢＩを再生します」対応早!!

あまりの精度に感心するとともに、「ＹＯＡＳＯＢＩに似た雰囲気のステーション」でも米津玄師がかかったのだろうかと、今更ちょっと気になっている。

豚こまひと口ステーキ

ひと口ステーキと似た雰囲気の
豚こまを食します

全然ステーキちゃうけどもｂ。
豚肉は固まるまで触らず、じっくり焼いて

材料（4人分）

豚こま切れ肉……500g
塩、こしょう……各少し
片栗粉……大さじ2
サラダ油……大さじ2
A 砂糖、酢……各大さじ1
しょうゆ……大さじ3
みりん、酒……各大さじ2
水菜（好みで）……適量

作り方

❶豚肉は塩、こしょうをふって片栗粉をまぶし、16等分にしてギュッと丸める。
❷フライパンにサラダ油を弱めの中火で熱して①を並べる。じっくり焼いてこんがりしたら裏返し、フタをして中まで火をとおす。
❸ペーパータオルで余分な脂をふきとり、合わせた**A**を加えてからめる。器に盛り、水菜を添える。

原付免許をとった日

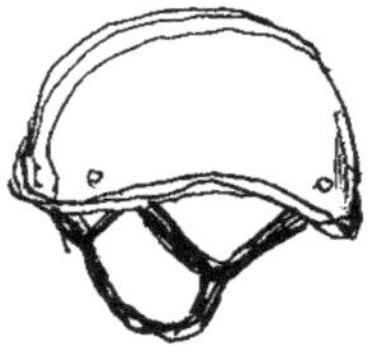

原動機付自転車の免許をとったのは18の夏だ。周りの友達が続々とディォやトゥデイやスクーピーにまたがり行動範囲を広めるなか、少し出遅れ、高校時代からの友人のあさみとK運転免許試験場に足を運んだ。あんなに危険極まりない原付の免許がたった1回の試験と3時間程度の講習でとれるなんて正気の沙汰じゃないやろと今なら思うが、若い二人は1日だって長過ぎる、今すぐシートにまたがり手首をブルンとねじり、購入したバイクで走り出したい思いに満ちていた。

第一関門は筆記試験だ。落ちると金銭的に大打撃だが、既に免許を持つ先輩たちは口をそろえ、「サ●セス受けてからいけば余裕」だと言う。サ●セスとは試験場のすぐ前にある試験対策の講習所で、お金はかかるが、講習を受けて落ちた場合は1回目に限り全額返金してくれるらしい。原付の試験など少しの勉強で受かるのに、当時は周りが皆利用していたため、当然のようにならった。

だが運転免許試験場のHPを見ても情報が載っておらず、受講時間がわからない。私は試験場に電話をかけた。

「サ●セスを受けたいのですが、何時頃いけばいいでしょうか」

相手は「よくわかりませんが、うちはそのようなものは開いておりません」と冷たく言い放った。てっきり連携していると思っていた私は、存在も知らないかのような口ぶりに困惑し、あわてて謝り電話を切った。

試験当日。あさみと私は早朝から電車とバスを乗り継ぎサ●セスに向かった。古びた建物の看板を見た瞬間、電話の態度の理由を察した。ずらりと並ぶヘッドホンで受ける講習はすがすがしいほど試験に受かることのみに振り切っており、なるほど公式ではない雰囲気が全面に漂っている。この単語が出たら答えは×、この言葉は引っかけだから×、このイラストが出たら見るのはここだけ！…暗記のみの世界。これで合格しても1ミリも運転について理解してへんけどＯＫ？と思わずにいられないが、とにかく今日、何がなんでも免許を手にして帰りたい我らは素直に吸収。おかげで筆記試験は揃《そろ》って合格し、実車講習へ進んだ。

当時の教官はすさまじく怖かった。先輩方からも「あそこはヤバい」「ひたすら怒鳴られる」「やられるかと思った」と聞いていたが、噂通り。「前見ろ!」「しゃべるな!」「手をハンドルから離せ!」…飛び交う怒号。何をしても、何もしなくても怒られる。事故より何より教官が怖く、焦って冷静な判断ができない。そりゃ筆記試験で何1つ学んでいないのだから、ここで簡単にパスできたら後が怖い。道路の恐怖はこんなもんじゃない、甘く見るなという愛の鞭《むち》なのだろう。

それにしても見事なほどの怒鳴りっぷりだ。「手をハンドルから離せ!」「手をハンドルから離せて!」「手をハンドルから離せぇ!!!」「だから手をハンドルから離せぇ!!!」あーこわ。(手をハンドルから離せや)

一人なら半べそだが、幸いあさみがいた。目が合った際、口パクで「こっわ」と伝えあい、うつむき、こみ上げる笑いを抑える。バレたら打ち首だ。間違いなく恐怖に震えているのに、絶対に笑ってはいけないと思うとニヤニヤが止まらず、深呼吸と咳払い、内側に唇を巻きに巻き込んで必死にやり過ごした。

なんとか講習は終了し、無事免許を取得。帰りのバスでさんざん教官の真似をして笑い、免許証片手に2人で撮った笑顔の写真は、今見返しても涙が出そうなほど幸せに満ちている。全てを手に入れたような、どこまでも行けるような。

だがその後、私は原付に乗らなかった。友達に借りたスクーピーで道路に出るも、交通ルールを把握していないため「二段階右折ってこれであってる?」「車の横ってすり抜けて走っていいん?」などいちいち戸惑い、違反が怖くてすぐに降車。少し乗っては降りて押し、また少し進んでは降りて押し、ほぼ8割押して歩くようになり、ついには乗ること自体を諦めてしまったのだ。あんなに憧れ、中古車屋を見かけるたびに探していた原付なのに、その後の人生で一度もまたがることなく今に至っている。

そして数年後、近所の教習所で普通自動車免許を取得。ついに原付免許は無意味な紙切れになったわけだが、あの夏の日のヘッドホンと、青空に飛び交う怒号と、あさみとの爆笑。自由になれた気がした18の昼は、今でもずっと忘れられない。

夏野菜のおつまみ豆腐

夏がきたら食べたい
さっぱりおいしいレシピ

たっぷりのつゆと具を
スプーンですくってどうぞ

材料（4人分）

トマト……1個
きゅうり……1/2本
豆腐（絹ごし）……1丁（300g）
塩昆布……大さじ2

A
ポン酢しょうゆ、
めんつゆ（2倍濃縮）……各大さじ4
砂糖……小さじ1
ゴマ油またはオリーブオイル……小さじ4

作り方

❶トマトは1cm角に切る。きゅうりは3mm角に切る。

❷器に豆腐を盛って①と塩昆布をのせ、合わせたAをかける。

名探偵コナンが気になる件

人はなぜ名探偵コナンに惹かれるのだろう。と書いておいてアレだが、私はあまり詳しくはない。小学校の頃にアニメを観ていたのと、当時出ていた巻までの漫画を一度は読んでいるから、初回の殺人が（※ネタバレ注意）超高速で走るジェットコースターに乗りつつ真っ暗なトンネル内で自分のネックレスをはずし、安全ベルトから抜け出し2列後ろの人間の首にひっかけて殺害、何食わぬ顔で席に戻るというジャッキー・チェンもびっくりの超人技で行われたことは知っている。登場人物もギリ灰原さんまで知っている。でも大人になって通しでアニメを観たことはないし、映画もコナンオタクの長女がアマプラで観ているのを横目で観るぐらいだ。

そんな私でも、ネット界隈で盛り上がるコナンにまつわるネタは頻繁に目にするし、大好物である。一番有名なのは

「ペロッ…これは…青酸カリ!?」

だろうか。コナン君が床に落ちている粉を舐めた時の台詞であり、「なんで死なへんねん」or「なんで味知ってんねん」というやつだ（これはコラ画像で原作では「これは…麻薬!!!」と言っている）。

また周囲の全てを疑ってかかるコナン君の「妙だな」という台詞。「千円札でタバコ1箱…妙だな」や、喫茶店で皆が頼むモーニングセットではなくハムサンドを頼んだ客に「なぜだ?」と疑うシーンがあげられ（ええやろ）、「この人、専業主婦なのに部屋がグチャグチャだ…妙だな」など自虐を交えた大喜利が繰り広げられる。ちなみに千円札でタバコに関しては作中にちゃんと理由があるので安心してほしい。

他にも服部平次の「せやかて工藤」（実は作中で一度も言ってない）、新一の「バーローー」「見た目は子ども、頭脳は大人」「真実はいつも1つ!」など汎用性の高い台詞や、アニメのコナン君の身長が小さ過ぎたり、元太や病院のベッドがでか過ぎたりする作画崩壊、コナンサッカーうま過ぎ、スケボーうま過ぎ、蘭の髪型鋭利過ぎ、犯人の動機軽過ぎ、そもそも事件に遭遇し過ぎなど話題に事欠かない。

LINEスタンプも個性的だ。コナンファンの友達に送りたくて購入したのだが、まずサイズがバカでかい。通常のスタンプの倍以上あるため、送られてくると心臓に悪い。巨大な新一やコナンのイラストに時々ひとこと台詞が書かれているのだが、有名どころの「バーロー」「妙だな…」などはなく、いつ使うんそれ、という描写が多いのだ。たとえばこのスタンプ。

『狩るべき相手を見誤らないで頂きたい…』

いつ使うねん。間違えて狩られそうになることなかなか無いわ。

また灰原さんのスタンプもある。

『あなた言ったじゃない…　運命から逃げるなって…』

いつ使うねん。

極めつけは、2人の男性が電話をしているイラストだ。2つのコマに分割されており、それぞれに台詞が書いてある。

『バーボン…』『赤井…秀一…』

いつ使うねん。

「バーボン…」「赤井…秀一…」って相手に伝えたい時ある？　100歩譲ってお名前スタンプやとしても人物限られ過ぎやし、お名前が2つある時点で難易度が高過ぎる。バーボンと赤井秀一ですら使いどころないやろ。

他にも見たことない男性2人、女性1人の3人組に『あら！』という台詞がついていたり（長野県警のお三方らしいです）、金髪の男性がテニスラケットで玉を打ち返しているイラストに『パゴッ』と擬音が書かれていたり。100巻もあって名セリフ名シーンなんぼでもあるやろうに、なぜあえてこのシーンを切り取ってスタンプにしようと思ったのか。いろいろ謎が多過ぎて、なんかもう、逆に一番多用してるわ。

「謎」といえば、小松未歩さんの曲だ。1997年から1998年にかけてアニメ版のオープニングに使われていたもので、私の中ではコナンの主題歌イコールこれである。声もメロディーも魅力的で、流れるとつい口ずさんでしまう。

ただこの歌詞、本当に謎なのだ。謎だけに。当時は何も考えず聴いていたが、改めて歌詞を読み、どれだけ頭をひねっても、どう解釈していいかわからない。

♪この世であなたの愛を手に入れるもの
　踊るライト見つめて忘れない　ａｈｈ　謎がとけてゆく

冒頭からさっそく謎やわ。踊るライトって何？　忘れないって何を？

♪君はまだ疑うことなく友達と呼べた日々過ごし今もずっと
　涙あふれ止まらなくて　失うことだけを教えてゆくつもり

まだ全然わからない。「失うことだけを教えてゆくつもり」って後ろ向き過ぎへん？

♪少しでも伝えたくて傷む心が　どんな経験しても　やっぱり迷うのよ

どんな経験したんや。次聞いたらつながる？

♪この世であなたの愛を手に入れるもの

踊るライト見つめて忘れない　ａｈｈ 謎がとけてゆく

冒頭に戻ったー！　いや謎とけていってないねんけど。　踊るライトって何？

♪君がただ　見失う時は　やり場のない想いを感じ　鏡となる
わざとじゃなく　ひらめくのよ　不思議なシグナルが私に仕掛けるの

もう全部謎。　なんかちょっとポジティブになってるのも謎。

♪もうすぐ私のもとにハートが届く　だけどこの胸騒ぎ　今すぐ会いたくて
謎めくあなたの愛を手に入れたとき
世界は生まれ変わる　目覚めたら　ａｈｈ　無限に広がる

ハートが届くんや、　よかった…。　もうすぐ届くっていうのが謎やけど。　殺人犯から心臓が箱に入って届くとかちゃうやんな？（怖過ぎるわ。　深読みし過ぎや）

♪少しでも伝えたくて傷む心が　どんな経験してもやっぱり迷うのよ

この世であなたの愛を手に入れるもの　踊るライト見つめて忘れない
　ａｈｈ　謎がとけてゆく　謎がとけてゆく　（終わり）

謎とけてないから終わらんといて。踊るライトが何かだけでも教えて。

スタンプも作画も台詞もエピソードも、狙ってないから面白いのだろう。いや、実は制作者サイドにネット界隈に強い黒の組織がいるのかもしれない。こんなに多岐にわたって我々を喜ばせ、本筋のストーリーは毎回面白いなんて、唯一無二の作品ではないか。

先日、コナンオタクの知り合いに、何気なくＬＩＮＥで「今回のコナンの映画観ました？」と聞いてみた。

「もちろん公開日に！　これからですか？」

私が観ないという可能性を一切想定していない返しだ。まったく予定はなかったが、娘と観に行こうと思う。

贅沢《ぜいたく》
ホットハムチーズサンド

これなら頼みたい！

油をケチらずパンに吸わせることでサクサクに！
カロリーが気になる方はトースターで焼いても

材料（4人分）

食パン（8〜10枚切り）……8枚
ハム……16枚
（もったいなければ8枚、12枚でも）
A マヨネーズ、トマトケチャップ、辛子（好みで）……各適量
ピザ用チーズ……適量
サラダ油……適量

作り方

❶ハム4枚を十字に4等分する。

❷食パンにAを薄く塗ってハム1枚をのせ、①のハム1枚分を角に合わせて置く（サブカット参照。ハムが端まで行き渡るように）。もう1、2枚ハムをのせ、チーズをたっぷり散らし、食パンを重ねてはさむ。残り3つも同様に作る。

❸フライパンにサラダ油を熱して②を置き、フライ返しで押さえながら焼く。裏面にこんがりと焼き目がついたら裏返し、油を少量たして両面こんがりと焼く。残りも同様に焼く。

名前を覚えられない悩み

人の名前が覚えられない。芸能人の名前は言わずもがな、保育園のお母さん方も、先生も、仕事で会う人の名前もなかなか覚えられない。そして改めて聞くタイミングを失うと、どんどん泥沼にはまってしまう。1年以上、毎月2回も仕事してベラベラと楽しく気にしゃべっている人の名前が実はわからないなんて誰にも言えない。

名前というのは覚えてないと失礼にあたるし、信用もなくしかねない。私が無能なだけなのに、その人の印象が薄いと思われそうで申し訳ない。なので最近、営業時代同様、まずは頭の中で復唱し、キーワードと合わせてインプットしようとしている。たとえば「石川」だった場合はモー娘。とか、「八木」だった場合はサバンナとか。余裕があれば、その後にスマホでメモもとる。

「メイクの木村さん、38歳、化粧下地を教えてくれた」

「メイクの山田さん、1つ結び、年下、子ども3人」

見た目と情報、会話などをスマホにメモしておき、チェックしてから仕事現場にいくのである。

そして実際に女性を目の前にする。モー娘。!!…までは出てくるのだが、中澤…じゃない、辻じゃない…と、悩んでいる間に会話が終わってしまう。そして次に会うメイクさんが、さっそく38歳にも年下にも見える。もうダメである。名前どうこうよりそもそも顔を覚えられないから、メモを見たとて当てはめられない。幼い頃、母がアイドルを「全員同じ顔」と言っていたのを馬鹿にしていたが、もう、ほんまそれやわ。脳がアカン。みんな可愛いし、見分けがつかない。しかも今って基本マスクしてるやん。目元だけで判断せなあかんし、ジロジロ観察もできへんから、め――――っちゃ奇抜な髪型とか、とんでもなく個性的なメガネかけてるとかじゃないと自信持たれへんわ。

でも、ここからが若い頃とは違う。おばちゃんになり、図太くなったため

「ごめんなさい! 私ほんとに人の名前が覚えられなくて! 前に聞いたんですけど、もう1回聞いてもいいですか?」

と言えるようになった。一度で覚えられるに越したことはないが、ごまかして名前を呼ばずに接するよりは印象がいい。相手も快く教えてくれるので、「ありがとうございます! メモしときます!」とその場でメモを取り直せるというわけだ。

ただ…これできるの2回までなんですよね。さすがに3回目は相手もええ加減にせえてなるやろし、こないだ早速その状況に陥ったから結局フンワリと接してごまかしてるわ。自分が心底嫌になる。

先日、私が出演している番組に新しいディレクターさんが入った。また名前を覚えられなかったらどうしようと思っていたら、なんとその方、着用しているTシャツに黒の布テープでバーンと名前が貼ってあり、一文字一文字、一発ギャグ的な動きとともに「む、ら、や、ま（仮）です！」と教えてくれたのだ。

むらやまさん「名前って何回聞いても覚えられないでしょ？」

周りは「またやってる（笑）」と笑っていたが、私はひそかに感動していた。めちゃくちゃありがたかった。次に彼に会った時、私は彼の名前を忘れていた。

明太マヨチーズポテト

一度食べたら
忘れられないおいしさ!

混ぜた片栗粉が溶けてモチモチになるよう、
中までじっくり焼いて

材料(8個分)

じゃがいも……… 小4個(400g)

A 片栗粉……………… 大さじ4
　塩………………… 小さじ1/2
　こしょう ………………… 少し
　牛乳または水…… 大さじ8

クリーム チーズ……………… 2個
(個包装・約30g)

片栗粉、サラダ油……… 各適量

B 明太子(ほぐす)…… 2本分
　マヨネーズ……… 大さじ2
　牛乳……… 大さじ1と1/2

作り方

❶じゃがいもは洗って水気がついたままラップに包み、電子レンジ(600W)で6分加熱し、裏返してさらに2〜3分加熱する。ラップごと冷水に取り、粗熱がとれたら皮をむいてボウルに入れ、つぶして**A**を混ぜる。

❷クリームチーズはそれぞれ4等分する。

❸①の1/8量に②を1つずつ包んで平たい丸状に成形し、片栗粉をまぶす。同様に全部で8個作る。

❹フライパンにサラダ油を深さ5㎜ほど注ぎ、弱めの中火にかけて③を並べ入れる。両面こんがりと焼いたら皿に取り出し、混ぜ合わせた**B**をかける。

ひたひたまで注いで
コトコト煮詰めた話

エッセイと創作と

初めて小説のようなものを書いた。超短編小説、ショートショートなのだが、小説などと呼べたものではない。エッセイを依頼されたのに掘れど叩けど自分の経験の中から何にも出てこなかったため、作り話に変更しただけだ。テーマは「失恋飯」。

担当編集の方から「失恋したときにご自身が食べたもの、失恋した友人に食べさせてあげたもの、一緒に食べたものといった、失恋にまつわる思い出と、それとともにあった食事について書いていただけないでしょうか。実際の思い出でなくても、架空のこと、想像上のことでもかまいません。」とメールを頂いたのだ。

失恋自体は経験がある。中高生の切ない、甘酸っぱい失恋ではなく、ずっと好きだった人とベロベロに酔っぱらった状態で付き合うも付き合わないも言われないまま事だけが済まされ、これどっちや…となったところで付き合おうと言われ、夜が明け、シラフに戻って振られたという、文字だけで書くと最悪のケースだ（いや映像があったほうが最悪やろ）。

だがどれだけ考えても、そこに付随する食事がまったく思い出せない私は、途中で「架空のこと」にシフトした。もういいや、全部作り話にしよう。

その瞬間、書ける話が、私の体験や記憶という限られたものから無限に広がった。何を食べてもいいのだ。ビッグマックをやけ食いしても、ラーメン屋で泣きながら餃子を食べてもいい。居酒屋で唐揚げをつまんで友人に慰められても、ストーカーのように彼の自宅前の電柱の影でアンパンをかじってもいい。クロワッサンと交互にかじることも可能だ。

「ほんま?」と疑われることもないし、どう思われるかも気にしなくていい。だって主人公は自分じゃない。すごい。小説ってすごい！　なりたいものになれる、したいように動かせる。

エッセイしか書いたことがない私は、この自由さに静かに興奮した。

数時間後、私は困惑していた。困惑というか絶望だ。何を書いてもいいということは、全てをイチから考えねばならないという至極当然の事実に今更気づいたのだ。

「私」は誰と付き合い、なぜ別れ、何を食べ、どう思ったのか。結末も自分次第、目指すゴールがない。突拍子もない展開では共感も得にくい。というか突拍子もない展開さえも思いつかない。甘かった。激甘だ。書いても書いても書けない。

最初の興奮はどこへやら、何も書けないまま締め切りが過ぎ、本当の締め切りが迫る。〝書けない〟恐怖は毎月この連載で味わっている。今月こそ、原稿を落としてしまうかもしれない…。料理と違い、丸1日手を動かしていても、何時間机に座っても、成果物がゼロという怖さ。絶望とともに1日が終わる。終わりの目途も立たないし、待たせている罪悪感と焦りがすごい。どれだけ頑張っても、むしろ頑張るほど、深みにはまって出てこられない。どこで何をしていても、まだ原稿が書けていないという事実が意識の端に常にあり、心が休まらない。こんな誰に読んでもらえているかもわからないような私でさえこうなのだから、その昔憧れた、クシャクシャに原稿を丸め、頭をガーッとかきむしる人気漫画家や小説家は、本当に気が狂うほどの苦しみだっただろう。

飲みに誘ってくれた友人に、断りのＬＩＮＥとともに事情を話すと

「私、失恋した時、作る気起こらんくてパスタにバターとゆかりのやつばっかり１週間食べてた」

と返ってきた。待って…その話、詳しく聞かせてくれへん？

「鮭にバターとゆかりかけてホイル包んで焼くやつも。元彼がこの料理（？）を女友達が作ってくれたって大絶賛してて。それが原因でめっちゃ喧嘩したことを思い出しながら作って食べてた」

え、それもう既に小説やん。ありがとうが過ぎるわ。

早速そのパスタを実際に作ってみた。熱々の麺、溶けるバター、しその香り。食べ終わると皿に残るゆかり。洗い流し、排水口に吸い込まれていくゆかり。

パスタを通じてあらゆる心情が浮かび、物語がやっと動き出した。事実はなんぼでも好きに作れる。でも感情は最終的に、自分の経験から探るしかないとわかった。拾い集め、何度も書き直し、ようやく提出した原稿を担当の方に褒めていただけた時、数か月の肩の荷が下りた。創作とか作品なんて言えないぐらいの、初めての「作り話」だった。

数週間後、届いた『小説新潮』を震える手で開く。一穂ミチ、原田ひ香、尾形真理子…そうそうたる名前の数々。そして「エッセイ」の欄に私の名前があった。待って、うそやん。

私は隆とかいう架空の男と付き合い、身に覚えのない喧嘩をし、大泣きしながらパスタを食べた人になってしまった。できるだけリアル感を出そうと一人称で書き、心情をすべて関西弁にしていたため、誰が読んでも私の思い出話だと思うだろう。さらに小説風の言い回し。どうしよう。めちゃくちゃ恥ずかしい。色んな意味で、やっぱり私に小説はむいていなかった。

（こちらの話は新潮文庫「いただきますは、ふたりで。恋と食のある10の風景」に収録され、２０２５年の１月に発売されてます）

『いただきますは、ふたりで。
―恋と食のある10の風景―』
（新潮文庫）
私の話だけ極端に短いです
（3ページ）

もともとの「小説新潮」
（2023年9月号）

ゆかり®とバターのパスタ

泣きながらどうぞ

お皿の上で完成！
好みでめんつゆを少したらしてもおいしいです！

材料（1人分）

スパゲティ……………………………100g
ゆかり（赤じそのふりかけ）
……………………………………大さじ1/2
バター（またはマーガリン）…………10g
塩…………………………………………適量

作り方

❶鍋にたっぷり湯を沸かして塩を加え、スパゲティを袋の表示どおりにゆで、ザルに上げる。
❷器に①のスパゲティを盛り、バターをのせてゆかりをかける。よく混ぜていただく。

ビジネスメールのあれこれ

ビジネスマナーの類いが得意ではない。一応、新卒入社で2年間だけ企業に勤めていたため、新人研修で名刺交換の仕方やお辞儀の仕方、電話対応など、触り程度は教わった。名刺交換は、相手の名刺の高さより下に差し出すのがマナーらしい。相手より立場が下であるという謙遜の気持ちを表すそうだ。

最初に聞いたときは「なるほど奥ゆかしい決まりがあるのだな」と思った。が、実際現場にいくと、お互いがこのマナーに乗っ取っているため、当然だが下げ合いになる。笑顔でペコペコしながら、私のほうが立場が下です、いえいえ私のほうが下です、イヤイヤあなたともあろうお方が何をおっしゃって…と、相手よりも1ミリでも下に滑り込ませるべく無言の謙遜合戦が繰り広げられる。片方が下にした場合、もう片方は上になるのだから、物理的にこのマナーは絶対に1人しか守れないようにできているという矛盾が存在するのだ。なんなんこれ。何この謎マナー。最近はもう、下に出してきた相手よりさらに下に出すのは相手の厚意を無にしているように感じ、「今日のところは負けました」と思いながら上から受け取るようにしている(申し訳なさそうな顔で)。

電話応対の際は、「ちょっと聞こえません」の代わりに「少々お電話が遠いようです」という言い回しを学んだ。相手のせいではなく、電話のせいにして遠回しに伝えるのがマナーらしい。別にはっきり言ってもいいやろと思うけどな。「ちょっと何言ってるかわかりません」（失礼過ぎるわ）。

しかし基本的に働きながら現場で学んでいくスタイルで、特にメールに関しては相手の文面を真似て自己流で返信していたので、きちんと学んだことがない。幸か不幸か誰からもお叱りを受けたことはないが、かなりフランクなやりとりをしてしまっていたし、現在はフリーなのをいいことに、さらに酷いものとなっている。

「ありがとうございます!!!」

とか平気で送るし、親しくなると

「ありがとうございますー><（涙）」

と書いてしまう時さえある。当時は若気の至りで許されたが、今は立派な37歳。品格や知性の無さが恥ずかしいお年頃だ。こちらが仕事を依頼される側なのでかろうじて許されているが、逆側なら常識知らずの極みだろう。

わかってるなら今すぐ感嘆符その他あらゆる記号を外せよと思うが、普段「！」を多用してるせいで急に「ありがとうございました。」と送ると冷たい気がするし、相手からも「！」がついた文面が来ると個人的にとてもホッとしてしまうため、なんだかんだやめられない。年数だけはベテランのため、一周回って〝実はきちんとした文面で返せるけど、相手が委縮しないようあえてフランクに返している人〟と思われている可能性もあり、今後はその線でやっていけるのではと思っている。


しかし最近はネットで何でも調べられて便利だ。10月の時候の挨拶って何？ これは二重敬語？ など、迷うとすぐ検索できる。先日調べたのは、一斉送信メールにあった「担当者各位」。言葉自体は知っていたが、これまで「皆様」以外見たことがなく、恥ずかしながらどう使っていいのかわからなかった。

返信の際、合わせたほうがいい気がして私も使ってみたのだが、なんとなくムズムズする。なんかこう、ちょっと偉そうというか、「担当者各位！ それぞれの位置につけ！」みたいな、身内に対して使う言葉のような気がしたのだ。

これ私が言ってもいいやつ？ 大丈夫？「ご担当者様各位」のほうがいい？

検索窓に打ち込むと、予測変換で「担当者各位　失礼」と出てきた。みな気になっていたらしい。結果は失礼どころか、「各位」は「皆様」より丁寧な言い方であり「ご担当者様各位」では二重敬語だった。これからも毎回調べながら付け焼き刃で生きていくのだろう。こんな学が浅い私ではありますが、いつもお読みいただき誠に感謝しております。今後もより一層邁進したい所存ですので、ご指導ご鞭撻《べんたつ》のほどよろしくお願い申しあげます。長文乱文大変失礼いたしました。

最後に、ビジネスメールについての友達とのＬＩＮＥでの会話。

山本
出版社さんめっちゃちゃんとしてるし時候の挨拶からきたりするから、その「新緑の……いかがお過ごしですか」になんて答えたらいいかいつも迷う。そこは無視していいん？

みんみん
季節の挨拶とかもわからんな！
新緑むっちゃ綺麗ですよねー！
大好きです新芽!! やんな

山本
そうやねん。新緑とともに私は元気ですが、ところで…って話始めてええんかな

さきちゃん
そちらこそ新緑の季節にいかがお過ごしですか？って逆に問い返すか

みんみん
そちらこそ、やばいなwww
ちょっと喧嘩売り気味www

山本
そちらこそ！笑笑

さきちゃん
時候の喧嘩

みんみん
相手と同じ言葉繰り返したら、ミラーリング効果で好かれるって言うしな

山本
寒暖差が激しい季節になってまいりましたが何してんの？

みんみん
ゴールデンウィークは楽しく過ごされましたか？私は孤独に終わりました

さきちゃん
日中は少し汗ばむほどの季節となりましたが、汗見せたろか？

あづ
柔らかく喧嘩してるのめっちゃ笑う

豚しゃぶとたっぷり野菜のごちそうサラダ

豚しゃぶがおいしい季節になりましたが
いかがお過ごしでしょうか

**豚肉はぬるめの湯でゆで、
氷水ではなく水で冷ますとしっとり仕上がります**

材料(4人分)

豚バラしゃぶしゃぶ用肉……300g
ブロッコリー(小房に分ける)……1/2個
キャベツ(ざく切り)……1/4個
かぼちゃ(長さを半分にした薄切り)……24枚
ナス(乱切り)……2本
トマト……1個
酒……大さじ2
サラダ油……大さじ2
A すりゴマ(白)、マヨネーズ…各大さじ3
　めんつゆ(2倍濃縮)……大さじ2
　砂糖……小さじ1
いりゴマ(白)、ポン酢しょうゆ(各好みで)……各適量

作り方

❶鍋に湯を沸かして塩(分量外)を入れ、キャベツ、ブロッコリーを入れてゆで、ザルに上げる。キャベツは水気を絞る。同じ鍋に湯800㎖と酒を入れて沸かし、弱火にして豚肉をゆでる。色が変わったら水に取り、冷ます。
❷フライパンにサラダ油を中火で熱してかぼちゃ、ナスを焼き、塩(分量外)少しをふる。
❸器に①、②と食べやすく切ったトマトを盛ってゴマをふり、合わせたAを添える。ポン酢しょうゆとともにかけていただく。

おばちゃんマインドのススメ

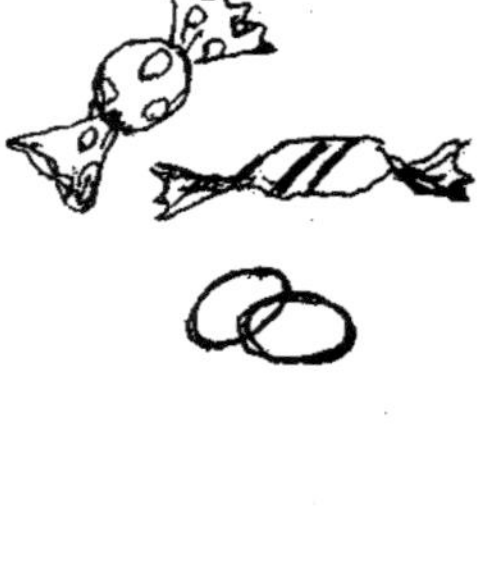

30代後半になり、自分のおばちゃん度合が加速度を増している。最初に断っておくが、「おばちゃん」「おばさん」というのは定義や使用が難しい。20代でおばさんと自虐するアイドルもいるし、年配の方からすれば30〜40代はまだ若かったりもする。年齢ではなく見た目、言動、もはやギャルのようにマインドなのかもしれない（だってどう考えても神崎恵さん、はまじさんをおばさんと呼ぶのは無理があるやん）。なので年齢抜きに行動やマインド、文末に〝（ただし大阪のおばちゃんに限る）〟をつける形で進めさせていただきたいが、自覚症状の1つとして、他人と気軽に話しだすというのがある。

15年ほど前、大阪堺市の高島屋のトイレに並んでいた時だ。4人のおばさま方が「私先入っていいの？」「どうぞどうぞ」「なんでーな」「私、和式じゃなきゃ嫌やねん」「私は膝曲げられへんから洋式じゃないと無理（笑）」など和気あいあいと譲り合っていたのだが、突然私に

「折っとかな、つくねん」（ズボンの裾を思いきり折りながら）

と話しかけてきた。いや全然気になってないし、「折っとかな、つくんやろうなあ」と容易に想像つくわ。でも私がどう思ってるかなんて関係ない。とにかくおばちゃんという生き物は、唐突に他人に話しかけるのだ。

スーパーで大根を手に「今晩おでんしよう思てんねん」、赤子を抱いてたら「いくつ?」雨が降ったら「気ぃつけや」セール会場で「お得やで」…

当時は笑っていたが、今そのおばちゃんの気持ちが結構わかる。エッセイ本『おしゃべりな人見知り』に書いたように、そもそも無言恐怖症と謎の責任感から、ついベラベラとその場を取り繕う弾丸トークを披露してしまうクセも大いにあるのだが(帰ってから一人で「なんであんなこと言うたんや…」って落ちこむやつ)、それとは別に、なんかこう、感謝の気持ちとか喜びとか、今の気持ちを近くの人に伝えたくなる。場を和ませたくなる衝動に駆られるのである。

エレベーターで赤子を抱いた人と一緒になると「いくつですか?」と話しかけそうになるし、遠隔の変顔でお子だけあやしたりしてしまう。美容院のシャンプーでは「気持ちよかったです」「寝てました」と別にせんでもいい報告をしてしまう。

直近では歯医者だ。フッ素を塗ってもらったのだが、思いがけない甘い味につい「美味しいですね‼」と言ってしまった。いや手料理とかならまだしも、フッ素に感想いらんやろ。しかも「意外と甘いんですね」とかじゃなく「美味しいですね」ってもう、食べてるやん。嗜好品《しこう》やん。

とっさに自分のおばちゃん具合を恥じたが、「良かったです〜‼ フッ素ね、一応甘いフレーバーつけてるんですけど、苦手って方も結構いらっしゃるんですよ〜！ 気に入っていただけて嬉しいです〜‼」とたいそう喜んでもらえた。良かった、相手も大阪のおばちゃんだ。もしかして気を使ってくれて合わせてくれたのかも…と後から落ち込むのもきっと今だけで、この先そういうこともいちいち気にしなくなるのだろう。おばちゃん同士の他愛無い会話は、その場が和んでみんな元気になる。また、すぐ忘れるため、後腐れもない。ついでに生産性もないけど、今、この場をご機嫌で過ごせる。「今」の積み重ねが人生だから、ご機嫌な時間は多いほうがお得だ。

あの髙島屋で会ったおばさま方は、トイレが終わると「ほなお先に」「では」と軽やかに散っていった。まさかの４人とも他人同士だったのだ。いつか私もその境地に達するのか、この先の人生が少し楽しみである。

豚バラ大根炒め

豚バラのコクと味しみ大根が絶品！
鶏肉で作ってもおいしいです

材料（4人分）

豚バラ薄切り肉……200g
大根……800g
サラダ油……小さじ2
A
- 水……400mℓ
- 顆粒和風だしの素……小さじ2
- 砂糖、みりん……各大さじ2
- しょうゆ……大さじ3

ゆで卵（半熟・好みで）……2個

作り方

❶大根は厚めに皮をむいて7㎜厚さの半月切りにする。豚肉は3㎝長さに切る。
❷フライパンにサラダ油を熱して①の豚肉を炒め、色が変わったら大根を加えて炒める。油が回ったら**A**を加え、アルミ箔などで落としぶたをしてやわらかくなるまで15〜20分ほど煮る。
❸強火にして煮汁が減って照りがでるまで煮つめ、器に盛り、ゆで卵を添える。

山本ゆり

料理コラムニスト。1986年、大阪府生まれ。結婚前は広告代理店の営業、現在は3児の母。レシピ本『syunkonカフェごはん』(宝島社刊)は現在シリーズ累計で800万部を超えるベストセラー。2015年に初のエッセイ集『syunkonカフェ雑記 クリームシチュウはごはんに合うか否かなど』(扶桑社)を出版し話題に。気まぐれに更新されるブログ「含み笑いのカフェごはん『syunkon』」はレシピもさることながら、自身の日常や家族の風景を綴った話が人気を集める。
https://ameblo.jp/syunkon/
X(旧Twitter)のフォロワーは140万人、インスタグラムのフォロワーは138万人を突破。
X:@syunkon0507
インスタグラム:@yamamoto0507

やっぱり書きたい!!

おわりに

最後まで読んで下さって本当にありがとうございます。
生きていると、しんどいことが続々と出てきてしまいますが、狩るべき相手を見誤らず、自分を大切にして下さい。
少しでも笑える時間がありますように。またブログにも遊びにきて下さい!!

山本ゆり

バーボン…
赤井…秀一…

ひたひたまで注いで
コトコト煮詰めた話

発行日　2025年3月26日　初版第1刷発行

著者――山本ゆり

発行者――秋尾弘史
発行所――株式会社 扶桑社
〒105-8070
東京都港区海岸1-2-20　汐留ビルディング
電話――03-5843-8581(編集)
03-5843-8143(メールセンター)
www.fusosha.co.jp
印刷・製本――TOPPANクロレ株式会社

デザイン	藤田康平、古川唯衣
DTP	ビュロー平林
イラスト・写真	山本ゆり
校正	池澤ナツ
構成協力	林 由香理
編集協力	米倉永利子
編集	早川智子

ISBN978-4-594-10019-3